贾梦玮 著

往日情感

上海文艺出版社

目 录

1　　　　　　　地铁上也有生离死别
19　　　　　　　　　　　此岸
34　　　　　　　　　　　摇篮
48　　　　　　　　植物志（四章）
65　　　　　　　酒之道：器与人

73　　　　　　　卧龙岗上的理想
99　　　　　　在花洲书院想念范仲淹
117　　　　文人传统——从王鏊到柳亚子
138　　　　　　　　我在这儿呀！
155　　　　　　　知识分子的表情

167　　　　　　　　乡村的表情

176	往日情感
187	布鞋
193	诗的处罚
197	书斋，总是有的
201	户口的喜剧
205	人非物非
209	永远的失去
213	丢失在梦中的她

219	艺术法则
231	成功乃失败之母
236	"情商"别解
240	爱情与金钱
244	春节也是有个性的

249	宁夏的颜色
255	清江浦之梦
267	塔，只为望见

277	抚仙湖：浓妆淡抹总不宜
288	去海南
308	华山的花样年华
325	后记

地铁上也有生离死别

有些人是真的不喜欢大城市生活。他们说，人在地上走的时候像蚂蚁，在地下时感觉自己就像只老鼠。因为城市的道路越来越宽，过马路感觉要走老半天，人就像蚂蚁一样，看着来来往往的车，恐惧、张皇；更不愿意坐地铁，在城市的地下管道里钻来钻去，感觉自己像一只慌慌张张的老鼠。谁愿意做蚂蚁,谁又愿意做老鼠呢。

  我做了多年的"老鼠",与地铁倒是日久生情。这些年来,我要从城市的东北到西南上班,比横跨全城还要远,因为我是"斜跨"。如果不是借助地铁,我免不了要忍受堵车之苦,一次又一次迟到,身心成本太大了。单位那些开车上班的、乘公交上班的同事,免不了有时迟到,客观上是因为路上不确定的因素太多了。我不需要为了打提前量而过早起床,也不需要考虑天气、堵车等因素提早出发,地铁总能带着我准时到达。那些乘其他交通工具上班的同事跌跌撞撞冲进单位的时候,我已经泡好茶坐在那儿,气定神闲、满怀同情地看着他们。地铁就像一个情绪稳定的人,我信任它,愿意把自己托付给它。信任,如今绝对是稀缺资源,可信任的东西越来越少。就说交通吧,安全、准点是最大的承诺,除了地铁,航空、客轮、公交、自驾车,准点常常是指望不上的。

  而且,地铁是最无贵贱之分的公共交通工具,没有软卧、包厢，没有一等座、二等座、商务座，也无普通舱、头等舱，绝对等贵贱。富商和打工仔、甚至是乞丐，可以也只能坐在、站在一块儿。我喜欢这种感觉。

"老鼠"们可感欣喜的还有：终于实现了古代方士"土遁"的理想！在一个点从土中遁去，从甚至是几十公里以外的另外一个点出土现身。想想若是在古代，你怎么兴奋、窃喜都不为过。而且，世界各地的地铁千姿百态、风格各异：建筑、装饰风格不一样，流动的人群不一样；在地铁，你可以感受到最大的人流量，见到最多的不一样的面孔。即使是对同一条地铁，我们每个人的体验也各不相同，地铁制造了无数的情境和心理景观。某种意义上，人生体会的丰富性，在地铁上得到了最大限度的实现。

乘坐世界多地的地铁，如果一定要说其中的共同点的话，可能是它们的气味，地表之下泥土的、潮湿的、略带霉味的气味。这是它们的基础味道，其差异也只是表面的。比如广州、香港地铁沙茶酱的味道，伊斯坦布尔地铁的羊肉膻气、巴黎地铁的香水味……这些只是个性差异，本质相同，都是"地下味"。我觉得，就只在这一点上，人与老鼠的嗅觉享受可能大致相同。伦敦、巴黎地铁的味道更苍老，那也是它们历史悠久的缘故：伦敦地铁1863年建成通车，巴黎地铁1900年开通。

只是，每天乘地铁的上班族也难得有"土遁"这样隐秘的喜悦。

太挤了。

特别是那些身材娇小的女生，挤地铁挤得或者被挤得太难了。人贴人，因此就有了趁机扒窃，还有占女人的便宜，揩油。这里有太多的身心的隐秘。但至少理论上是：揩油的可能是男性，也可以是女性，男性也可能被揩。只是因为男性的生理特征，更难自我控制，更容易被发现和检举。不可否认，有些时候男人是有苦说不出，难堪，而且无法辩解。一次，我和一位男性师长餐叙，他说起自己年轻时的经历。那时他刚到南京上班,每天要坐一班热门线路的公交车。上下班时间,那个挤(哪有上下班的地铁挤)!"特别是夏天,肉贴着肉,最多隔了两层布,你就那么贴着一个大姑娘,还随着公交车的颠簸不由自主地蹭来蹭去。那时才二十几岁,你说我生理上不起反应,我还是人吗?太尴尬,也太难受了!"同桌的另一位男性有点淫邪地说:"那不是挺好的嘛!"不管好不好,我的这位师长后来再也不肯坐那班公交,宁可骑自行车,不管刮风下雨,单趟就要骑近两个小时。他说,女孩子还穿那么少,太难受了,真的太难受了。让人委屈的是,这样的"难受"很难赢得别人的理解。

对这种被动的性反应和必须的极大的身心克制,我只能抱以同情。夏天的地铁,这样的"难受",女人的难受和男人的难受每天都在发生。地铁制造了让人尴尬的距离。如果不是在地铁,而是在广场等相对宽松的地方,陌生男女贴得那么近,那肯定是要耍流氓了。人在地铁,紧贴别人、被别人紧贴,失去了对身体的有效控制。

空间意义的人道主义乃是:给情侣以私密空间——城里人住房空间小,情侣们常常只能在公共空间亲热,慌慌张张;另一点也同样重要——让不该靠得太近的男女保持一定的距离,否则也是一种不人道。

在拥挤的地铁,连我们的目光,竟也无处安放。一个女人面对着或背对着站在你面前,你能看哪儿?其实你哪儿都不能看,胸、背、腰、腿、脖子?这些都可能是性感部位。还有人说女人最性感的部位是小腿和脚踝,你低下头也不对。目光所及,无一处不性感,无一处不是性的景观。瞟一眼也就算了,你好意思长时间看着?无一处可看、能看,你想不想、愿不愿闭上眼睛,都得闭上你的眼睛。有人说,可以捧着书、端着手机看。如果站在你面前的女人绰约、有姿色,她就那么站在你面前,你能专心地看下去?有意出家的人,可以到此情境下修炼,修他个气定神闲。

让座也是个难题。特别是像我这样既不年轻又不够老的男性。你要不要给别人让座，给多大年纪、什么样的人让座，都是个问题。地铁上会有语音提示：请给"老弱病残孕"让个座。但这五种人只有明显的"残"好确认，其他四种人靠目测均难认定。谁老、谁弱、谁病，又谁孕？有的女性虽然怀孕了但看起来像个少女，有的黄花大闺女长得胖了点，腹部脂肪多了点，疑似孕妇。如果你认定了人家黄花闺女是孕妇，给她让座，你不怕挨个大嘴巴？因为常年坐地铁上下班，开始的时候我曾为要不要给疑似孕妇让座纠结、苦恼，为判断她是不是孕妇而仔细观察、思考。孕妇月份大了、完全显怀了，你当然能判断出来，你很肯定地给她让座，可人家常常对你一笑："不用了，谢谢！"被人拒绝，我开始很纳闷，有过来人告诉我："因为肚子太大了，坐下来反而不舒服。"自作多情，自作多让座了。坐地铁的历史久了，随着年岁的增长，上了地铁，我只管闭上眼睛，心无芥蒂。而且，我能在地铁上读书，即使是大美女站在我面前，哪怕她风情万种，我的注意力绝大数时候仍在书上。

闭上眼睛有时也不管用。有一次，一位美女正站在我面前。忘了带书，我只好闭上眼睛佯睡。过了一会儿，突然感觉有双手按在我膝盖上，我睁开眼睛，发现正是那位女生很痛苦地蹲了下来，额头冒着汗，两手扶着我的膝盖——因为蹲下来后，没有空间，她的手也只能那么扶着。她显然是生病了，我赶紧扶着她坐到我的座位上，她抱歉地努力对我露出笑容，说了声谢谢。我为自己终于成功做出了地铁让座的壮举，颇感欣慰。

那么问题又来了，倘若是你站着，有人主动给你让座，而你其实不那么老，甚至你感觉给你让座的人可能比你还老，哈哈，你的心里是个啥滋味！

若不想为让座的事纠结，也只有那老办法：闭上你的眼睛，即使是站着。其实，每节车厢都有"老弱病残孕"专座，但在此专座上坐着的几乎都是"正常人"。怎么把这五种人引导到他们的专座,上下班地铁上挤满了人,那五种人又如何能挤到他们的"专座",都是需要研究、引导的课题。否则,关于让座的尴尬事件就会一直上演。

地铁不仅助我每天上下班,也让我通过另外一扇窗口看人、看人生——人在地铁,人生免不了是另一种状态,别一样的心情。地铁上的人生百态,是别一样的滋味和风情。地铁上有"境"。拥挤不堪的地铁车厢,也有美好之"境"。我曾多次看见这样的情景:高大的男性,借助车厢壁或者扶杆,为女伴撑起臂弯,与自己的胸怀形成一个圆。无论周围多么拥挤嘈杂,那臂弯里的女人都可以优雅地站着,或听音乐,或看书,或者什么都不干,臂弯外面的世界似乎与她毫不相干。如此岁月静好,这大概就是所谓"幸福的港湾"吧。人生风风雨雨,倘若男人都能为自己的女人撑起哪怕就是地铁上这么一小块空间,女人都能享受、安于这样一个小小的港湾,那大概就是所谓的幸福吧。

地铁成为一个独特的社会场域,它的情境早已成为文学艺术表达的内容。陈百强 1980 年代的歌《几分钟的约会》乃是较早的地铁恋曲："未到高峰已剧终，爱情难结局，期望再会一秒钟。"地铁的空间虽然可以暗通款曲，但时间毕竟太短了，成不了好事，徒为伤怀。韩国影片《我的野蛮女友》中的男女主角相遇在地铁，张一白的电影干脆就叫《开往春天的地铁》。王家卫《2046》中的未来世界，人们捡拾失落的记忆，也被安排在地铁上，大概是地下的记忆更容易在人心上留下痕迹吧。法国电影新浪潮旗手戈达尔的《法外之徒》中，女主角安娜·卡里娜在地铁上有感而发："People in the metro always look so sad and lonely."这样的忧郁和孤独，也是因为地铁旅途太过匆匆？地铁上的身体接触、眼波流动、气味纠缠，这些都转瞬即逝，对美和情的寻找，无论找着的、没找着的，都是"匆匆"，因此有惆怅、有伤感。供回忆，堪玩味。多年地铁坐下来，我们心灵的抽屉里，一定会装满了人生的种种感受，触觉的、视觉的、味觉的……

地铁上人流量大,每天男男女女来来往往,各种阶层,各色人等。对于正在寻找另一半的男女,在焦虑寻求之中,总觉得侥幸可以遇见自己的那一款、那一位。也许,命运真的会帮个大忙,硬是在地铁上把那一位挤送到你的面前,长相、气质甚至气息完全就是梦里寻他(她)千百度、梦绕魂牵的那个人……如果是这样,这趟地铁真的是越挤越好;最好地铁也堵车,堵他个地老天荒。

虽然地铁上的光影有别于地上,但如果不是上下班时间,空间相对宽松,乘客也有闲适的时光。没有美女站在你面前,也没有人跟你那么贴着,视野比较好,你可以观察地铁上的人。有一年的情人节,下午四点左右,我从郊区乘地铁往市中心办事。地铁上的人还不多,应该有相当比例的乘客是进城与男友或女友过节。我斜对面的那位女生打扮得花枝招展,满脸的喜气和期待,属于过节者无疑。过了两站,她接到个电话,脸上迅速由晴转阴、由喜转悲，等挂了电话，她已是泪流满面……地铁刚到下一站，她就哽咽着下了车——此站离市中心还远。我不由得猜想：大概是男朋友取消了情人节约会吧，她只得再坐对面的地铁，打道回府。其实，男男女女，哪个没有被放过鸽子呢？当时那样的情境，那样的画面，喜与悲、希望与失望之间的迅速转换，给我留下深刻的印象。带着向往、幸福上车，因失望、痛苦下车，类似的剧情每天都在上演。

巴黎的地铁被认为是全世界最方便、精准的地铁，因为设计合理、标示清楚，在地上迷了路，上了地铁一定能找准方向，顺利到达目的地。那年我去巴黎，和老朋友F君离开团队，一起徒步蒙马特高地。听人说"蒙马特是最具风情的地方"，果然并非虚言。高大圣洁的圣心大教堂、艺术家聚集的小丘广场、狡兔酒吧、玫瑰餐厅……集宗教、艺术、爱情等等于一体。天宽地大，日丽风清。F君其时正为一段地下情所困，此地的风情恰好加重了他的"病情"。大家都知道,这是爱情病,此类病人深陷局中,很难找准方向。正好我们也迷了路,从地上显然很难走回去了。我一语双关地对F君说:"迷失方向了吧?据说,如果在巴黎迷了路,只要上了地铁就可以找回去了。"于是我们一起去寻蒙马特地铁站。路上我们经过一段地下通道,碰巧就是著名的"爱墙"。"爱墙"之上用三百一十一种字体、二百八十种语言密密麻麻写满了同一句话——"我爱你"。爱,铺天盖地。站在"爱墙"面前,F君一下子失声痛哭,哽咽久之。我一边安慰他,一边指给他看"爱墙"最上方还有一幅漫画,一位身穿深蓝色吊带裙的女郎,身旁写着一行小字:"保持理智,勿要强求"。

终于找到蒙马特地铁站。20世纪初,法国新艺术代表人物赫克托·吉马德(Hector Guimard)为巴黎设计了一百四十个地铁入口。入口上方的铸铁灯柱是相互缠绕的,如同两条昂起镰刀形脖子的眼镜蛇。标识为黄色,配以棱角分明的黑色粗体文字。当年有人称这种新颖的造型设计为"地铁风格"。而蒙马特地铁站入口的栏杆等，吉马德全部采用起伏卷曲的植物纹样，更具个性。1970年蒙马特地铁站被列为法国一级古物保护。那是我见过的最美的、最具风情的地铁站之一。因为F君，蒙马特地铁站永远带了一点凄美的色彩。有句话我是想告诉F君的：跟地铁相反，男女之情是不适合在地下运行的，虽然那就是"地下情"的一种。即使是地铁上产生的情感，最终还是要回到地面上、阳光下。汉娜·阿伦特说："跟友情不同，爱情一旦在公众场合被展示出来就会消亡。"她说的"爱情"应该是指地下情、婚外情吧。当年，她与老师海德格尔的恋情，几多隐藏的甜蜜、几多无可告人的苦涩甚至伤害，只有她自己知道。

　　据说最美丽、最艺术、最恢宏的地铁是莫斯科的地铁，遗憾我至今还没去过莫斯科。南京地铁的站名都是名书法家的书法，有了显性的中国气派。每个城市都会在地铁的文化内涵上下功夫，每条地铁线的风格不同，同一条地铁线上的每个站台，也会有不同的花样，留给你不同的物质空间和想象空间。

即使是对同一个地铁站，内心感受的风格，当然永远是由乘地铁的人，在彼时彼地决定的。有一次，我坐地铁回家，坐在我斜对面的一对中年男女正在轻声交谈，看状态应该是夫妻，安静、祥和。夫妻关系经过多年的磨合，人生已进入宽阔的水面，有粼粼的波光，波澜不惊。地铁进站，我起身走出车厢，中年夫妻也站起来准备出站。突然听到身后咚的一声，我回头一看，只见那位中年男人直直地倒下了，半个身子在车厢里，半个身子在车厢外。同行的中年女人的尖叫声同时响起，地铁工作人员也跑过来，拨打120。后来我听说，人还是没救过来。地铁车厢和站台成了他们的死别之地。

地铁因为人员密度大，也成为恐怖分子袭击的目标。最近二十多年恐怖主义猖獗，地铁恐怖袭击事件时有报道。仇恨、暴力连地下世界也不放过。

我忘了是谁说的了：地铁乃行走的部落，移动的社会。无疑，地铁是最松散的部落，最庞杂的社会。靠近我家的那一段地铁是从地上高架走的。特别是在晚上，我看着那一扇扇亮着灯光的移动的窗口，免不了还要在心里感慨：那里面还在发生着我没见过的人生的种种，还有许多我不曾见过的各色人等；它还要继续前行，吞吐人群。有些人，今后我可能会见着，有些可能再也无缘相见。

在地铁里，有时睁着眼睛，有时被迫闭上眼睛。有时真的就睡过去了，睡得东倒西歪，口水直流，成了别人眼中不雅的景观。戏里戏外，我是个地铁"观众"，同时何尝不是别人眼里的"演员"？一次，我带着二儿子坐地铁进城，对面坐着一位老太太，慈眉善目，一直看我们，眉开眼笑。我确信我并不认识她，也只能冲她笑笑，继续陪儿子说话、游戏。地铁进站，老太太站起来准备下车。快走到门口时，老太太突然折返走到我们面前，用手指着我们父子，声音激动地说："你们两个，长得太像了，真是太像了！"指着我们的手指甚至都在颤抖。父子长得像，本属正常；太像了，如此之像，在老太太这里就成了她发现的秘密。她是忍不住回来告诉我们这个秘密。要不是车门即将关闭，老太太一定会留下来，和我们探讨血缘、人伦大事。回家后，她肯定还会和家人说起她今天的重大发现：怎么可以长得如此之像呢。

"凡睹人家男女、大地林沼，总是境。"人与人之间，互为意境。人生兼有此二任，乃是其隐妙之处。

《五灯会元》载中邑洪恩禅师云："譬如蟭螟虫，在蚊子眼睫上作窠，向十字街头叫云：土旷人稀，相逢者少。"蚊子的眼睫可谓局促，蟭螟居然可以在那里筑巢安家，且有"土旷人稀"之感。地下四通八达的地铁网可谓壮观，即使拥挤了些，渺小如我们，还是完全有能力获得一定的心理情感的空间，做一只幸福的"老鼠"，在地上、地下自由进出。而且，地铁相逢者多，所以才是"人生何处不相逢",在地铁站台、车厢和赶地铁的路上。

地上、地下,都有我们的十字街头。

此岸

人生都是单程之旅，没有返程票可买，因为根本就没有返程车。人无贵贱，我们手里捏着的都是单程票，乘的都是同一方向的车，进行的都是人生的单程之旅。也有乘客连单程的旅途劳顿都受不了，选择了中途下车，中途也就成了终点，没有补票上车的可能。

活在此岸，免不了的，都会想象离开此岸后的去处，也就是彼岸。因为此岸总不尽如人意（此乃天意？），所以人在此岸想象、创造的彼岸总是美好的。但因为彼岸往往不能落实，身在此岸的人一边想象着彼岸，一边又总是留恋着此岸。

人在旅途，碰巧经历的一些场景总难忘怀，又都与此岸、彼岸相关。我与这些场景中的人素不相识，后来也绝无瓜葛。但它们却一直逗留在我的记忆中。

一

法国南部小城阿维尼翁，多古罗马遗迹。因为它曾是教皇城，街巷到处是宗教题材的建筑、雕塑。站在庞大森严的教皇宫旁，更是不禁起此岸、彼岸之思。

到达阿维尼翁时，已近黄昏，中世纪建起来的城池沐浴在落日的余晖中。我入住城中一家古老的小旅馆，推开二楼房间的窗户，隔了一条巷子，正对着对面小教堂的花窗。花窗上的圣母圣子图，在夕阳映照之下，有了安静的暖意。我放下行李，匆匆往教皇宫走。

阿维尼翁靠近地中海，处在连接法国南方和北方的要道上，往南走约八十五公里，就是法国南方的海港城市马赛。陆路往来意大利（亚平宁半岛）和西班牙（伊比利亚半岛）也要经过阿维尼翁，所以也是法国南部东西方向交通线上的一个重镇，自古以来就是繁华之地。13世纪末，随着"人"的觉醒，罗马政教各派别之间、宗教权力与世俗权力之间发生激烈斗争。1309年，在法王腓力四世的支持和安排下，教皇克雷芒五世决定从罗马迁居到阿维尼翁，实际上受法王节制。宗教看起来管的是从此岸渡往彼岸之事，因此不可能脱得了与此岸的干系，或明或暗地与此岸矛盾着。不管如何，阿维尼翁由于教皇和教廷的入住，成为了教徒们朝拜的圣地。直至1377年，教皇格雷戈里一世将教廷重新迁回罗马，但阿维尼翁仍属教皇的领地。1792年，法国在完成了大革命以后才重新将其收回。

教皇宫建在城北的高岩石山上，城堡样式，古朴凝重、高耸森凛。广场上既有圣母像也有基督受难像。我到达教皇宫广场时，教皇城大门已关，夕阳尚有一抹余晖。教皇宫里面的一切给我留下了巨大的想象空间。资料显示，在1309年至1377年这近七十年的时间里共有七位教皇在这里居住。教皇宫总面积1.5万平方米，由旧宫和新宫连接而成，两者风格迥然不同。教皇宫带八座塔楼，内部似一座迷宫，大殿小厅相连，廊道迂回曲折。当年的主教官邸，现在叫小宫博物馆，以历代教皇私人收藏的祭坛画为主，收藏的画作均以《圣经》为题材，其中又以圣母圣婴图的收藏最具特色。教皇当年曾邀请了众多的意大利画家来阿维尼翁教皇城创作宗教题材作品，由于受到了意大利画派和佛兰芒艺术的影响，形成了有名的阿维尼翁画派。其中最负盛名的是意大利文艺复兴时期的画家波提切利所画的圣母与圣婴图，我曾经在一本画册上见过。画家笔下的圣母将圣子搂在胸前，其气韵已有别于正统的中世纪宗教画。按照中世纪画家们的画法，圣母通常都是一派圣洁，小耶稣当然也不同于平常小孩，母子之间并无世俗情感的交流。虽然碍于天主教宗教画的规范，这个时期宗教画的主角们仍都必须同时正视前方，表达伟大的意志和超逾世俗的爱。但在这幅画中，波提切利在构图上大胆地突破其他画家谨守的规范，以现实生活中母亲与孩子的动作来安排画面，企图表达婴儿依偎母亲的感觉，同时细腻地描绘母亲怀抱爱儿的手部动作。世俗情感当然有着巨大的吸引力。

我站在教堂宫前面椭圆形的广场上，遥想着宫内的一切，和当年教皇驻跸阿维尼翁时的情景，揣摩着西方古典主义向人文主义过渡的意蕴……

广场左手的山坡上有一修道院，尚在使用中，大铁栅栏门高高关闭着。夕阳的一抹余晖中，透过栅栏门，我看见一年轻的修女，白衣白帽，正从山坡飘飘走下来。栅栏门外，一法国男青年推着自行车，手拿两根法国长棍面包正在门外候着。修女开了锁，两扇门只错开了一些，男青年将面包递给修女，门随即关闭，上锁。隔着门，门内的修女和门外的男青年简单地说了几句什么。因为隔了一段距离，我听不清他们说的内容，但我能感受到那气氛：没有缠绵悱恻，没有怨，也没有依依惜别。修女转身往山坡上走，回修道院。不知为什么，我希望她能回回头，哪怕只是回头看那男青年一眼。但是没有，直至黄昏里那个白点在修道院的一道小门里消失，她始终没有回头。男青年一直等那白点最终消失，才骑上自行车，离开。

那男青年是修女的哥哥，或者她以前的男友？也许是她突然想念曾经和他一起吃过的某家面包店的面包，因此让他去买了送来？或者她的父母只是托作为邻居的他顺路将她要的面包带来，并无隐情？修女进入修道院后经过三次发愿，即将自己完全献给上帝，绝财、绝色、绝意，究竟是何机缘使她发愿进入修道院？对这些问题我只能疑问，没法深究。

回到旅馆，对面小教堂的花窗已经被教堂内的灯光照亮，温暖而神秘。我躺在旅馆的床上，安稳、静谧，还有一丝丝淡淡的感伤。

阿维尼翁之所以有名，还因为一首老歌《在阿维尼翁桥上》，它唱道："在阿维尼翁桥上，人们跳舞，在阿维尼翁桥上，人们围成圆圈跳舞……"阿维尼翁城建在著名的罗纳河边。河水汤汤，阻断了此岸、彼岸。传说，八百多年前，十五岁的牧羊少年贝内泽受到神灵启示，决定在罗纳河上建一座桥，沟通两岸。他独自一人将一块巨石搬到河边，确定了建桥的位置。当地民众在他的率领下，历时八年，终于将大桥建成，被人唤作"贝内泽桥"。在很长的时间里，这座桥都是罗纳河下游唯一的桥，无数的朝圣者及商旅人士都是通过它往来于西班牙与意大利之间。大桥原长九百多米，有二十二个拱孔，是欧洲中世纪建筑的杰作。不过，大桥建成后曾多次被洪水冲垮，又多次重修，直到17世纪，人们才决定放弃这种努力。如今的贝内泽桥是一座仅余四个拱孔的断桥，古老而残缺，作为一处受保护的古迹，供人们凭吊和遐想。我们已经不可能通过它从此岸渡往彼岸。不过，人们永远不会放弃这种努力。比如重新选址造一座新桥；比如梦想、宗教，也许能充当这样一座桥。

二

南京自古佛寺众多，有的历经劫难，依然能香火重续。比如今日的鸡鸣寺、栖霞寺等，仍是香火旺盛，声名远播。江北的兜率寺历史上也是金陵名刹之一，而且颇有特色和个性，但是今天知道它、拜访过它的人少了。我也是偶然听朋友说起，才动了去看看的念头。车过了长江大桥，到了浦口，进山弯弯曲曲转了好一阵，下了车再步行一会儿才来到兜率寺跟前。要不是来过的朋友做向导，实在是很难找到这里。而如今香火鼎盛的寺庙，无不门前熙熙攘攘，求菩萨、烧香的，小商小贩，算命打卦的，甚至达官贵人，各求各的。

兜率寺坐落在风景秀丽的老山西华峰下，初为"狮子岭道场"，后改名为兜率寺。"兜率"二字出自佛经"兜率天"，也作"兜术""兜率陀""都吏多"等，意谓"知足""喜足""妙足""上足"等，即"受乐知足而生喜是心也"。兜率寺始建之初就不筑围墙、不设山门、不建大殿，以藏经楼为主体的一些建筑设施，也基本不加雕饰。它以藏经、讲经为主旨，以超度众生为己任，不化缘，自给自足，始终保持经院式寺庙的特色。

"文革"后，为振兴兜率寺，功德最大的是圆霖法师。兜率寺所到之处，多佛教题材的绘像、壁画，和佛经、佛语的书法，大都出自住持圆霖法师之手，其书法多得弘一大师书法意态，几可乱真。法师担任兜率寺住持以来，佛事之余，每日坚持写字作画，也都是佛教题材。栖霞寺、鸡鸣寺、泰山庙等寺院均藏有他的墨宝。上海画报出版社还出版有《山僧圆霖书画集》。有慕名而来的信众、居士，包括中国港台地区及美国等地的佛教界人士，每有求其书画者，法师都不辞辛劳，尽量满足所请所求。我的好几位朋友，手上都藏有圆霖法师的书画，可见其作品数量之巨。

我去兜率寺时，圆霖法师刚刚圆寂不久，南京佛教界及多方僧徒、信众刚刚为其举行了遗体入龛仪式。

山雨欲来风满楼，我们都走到佛殿的房檐下，预备避雨。站了一会儿，我注意到，佛殿里面的蒲团上有一女性正在打坐，观其穿着打扮，应是俗世之人。

雨，淅淅沥沥下起来……这时候，那打坐的妇人突然开声说话，我一下子没听清，她大概是唤谁的乳名："××，下雨了，去把窗户关上！"那语气就是平常人家的大人吩咐自家的小孩做事。一个小男孩答应一声，从另一边的里间走出来，先是关了几扇原先敞开的窗户，然后走到佛像前的供案边，走到明亮处——原来是一小和尚，大概七八岁的样子，天庭饱满，面容白皙祥和。穿一身灰色僧服，头上戒疤尚新。他对着菩萨熟练、自然地双手合十，然后擦拭案几，点烛焚香，对于站在房檐下躲雨的众人并不在意，只专注于自己的事情。

后来雨下得时间长了，实在闲得无事，终于有人向寺里的义工打听小和尚和那打坐妇人的事情。原来真是母子，正是母亲亲自将自己的儿子送来做了和尚；但因为儿子年纪尚小，寺里要求做妈的先留在寺里照应儿子一段时间，其他的隐情与细节不得而知。那母亲似乎并不缺钱，并非养不起儿子才将他送来寺中。对于特别看重传宗接代的中国人来说，在物质生活无虞、自己的孩子还不懂事的情况下，就把他送来为僧，而且是早早就让他剃度，这是否与信仰有关，或者另有隐情？肤发是父母所赠，剃发就是绝意于父母，自古就是大事。那小和尚的父亲呢？父母离了，或者父亲已经不在人世？

或者那妇人受了大的伤害和刺激，因此机缘，对俗世和异性彻底绝意？或者就模糊地说一句：因为慧根，母子二人的慧根？等到儿子可以脱手，做母亲的也要削发为尼吗？或者她仍回世俗生活，偶尔来看看那小和尚一天天长大……

雨终于停了，已到午饭时间，寺里的和在此逗留的都可以在此免费吃饭。那打坐的妇人终于从里面走出来：年纪尚轻，气质不俗，且并无悲切之色；相反地，倒有些喜气，就像是儿子刚刚考上了大学。

圆霖法师的法位上有老法师的相片，照片尚新，满面慈悲，音容笑貌宛在。听说，是他亲自为小和尚剃度……

三

葛仙山是武夷山的支脉，位于江西省铅山县中部。因晋代著名道士葛玄曾在此炼丹传教，遂被后人称为葛仙山,是名闻赣、闽、浙的道教圣地。历代建有庙观,且累毁累建。如今的道观葛仙祠为1929年时重建,坐落在葛仙山最高峰香炉峰上,那也是我们此行的目的地。鲁迅说:"中国根柢全在道教。"道教完全为中国本土宗教,起源于鬼神崇拜,已有一千九百多年历史。"道"是最高信仰,"神仙"是其核心内容,丹道法术是其修炼途径,终极目标是得道成仙,走向极乐世界。

我们一行人是从山脚下一路登上葛仙山顶的。葛仙山海拔一千多米,从山脚走到顶峰大概要走十五华里,因为山势陡峭,走起来并不轻松。好在移步换景,山中云雾缭绕,四面山峦叠翠,时隐时现,一步一步登上山顶,时有登临仙境之感。

天下名山僧占多,大概也是因为名山风景异美,远离俗世烟火之故。终于到达山门,见上面大书"三清在即"四字。特别之处在于,葛仙祠现与另一佛教寺庙慈济寺同处一地,两家的建筑已交错在一起,形成一山两教、道释共处的独特景象。各修各的，各拜各的神，各升各的天。我们一路走过寺和观的殿与楼，大家由着各自的兴趣，走走停停。

我离开众人，独自往最高处走去，逐渐地连一个人影也看不到了。我走出云雾，走到一处叫"飞升台"的地方。飞升台在葛仙殿东北舍身崖上，传说此处为当年葛玄最终羽化升仙之地。此刻，我在升仙台上，正可以纵览周围九条山脉"九龙贯顶"的奇观。山风习习，四周一览无余。

远远的云雾显隐之中，看到一年轻道士，道帽道服，衣袂飘飘，正拿着手机打电话。升仙台上只有我和他二人，出奇地静。稍稍走近，不但可以听到道士的声音，也可以听到电话里传出的年轻女孩的声音。年轻道士用企盼的声音说："快放暑假了，你来看看我！"话筒里的女声颤颤地说："这次放暑假我要去外地实习，不能来看你了。"道士仍在坚持："你抽时间来看看我！"话筒里的女声静了一会儿，虽无奈但颇坚决地说："我以后再不能来看你了。"接下来就没了任何声音，大概是电话被挂断了……我猛地看到，年轻道士已是满面泪水，如玻璃碴子般，在太阳底下闪着晶莹而刺目的光……

多年以后的今天，我终于将这三个我亲身经历的情景写下来。我没有探究秘密的好奇，但多年以来，法国阿维尼翁修道院门外门里的男女，南京江北兜率寺的母子，江西葛仙山顶的年轻道士和他电话里的那个女孩，真的无数次出现在我的脑海里，有时甚至到了让我神思恍惚的地步。此岸、彼岸，我牵挂他们，也是牵挂我自己。

摇篮

　　我母亲小时候是有名的被送养的孩子。贫穷年代，孩子多了养不活，只能送出去一个，甚至两个，给没孩子的家庭领养。那叫"减轻负担"啊。也没有人细究过：那"负担"是什么，那是怎样一种"减轻"？我母亲有一个姐姐、一个弟弟、一个妹妹，据说我的外公年轻时不怎么顾家，所以日子过得更加艰难。要减轻家庭负担，送一个孩子出去是现成的办法。姐姐是长女，妹妹是老小，弟弟是唯一的男孩，都有留下的理由。母亲成为送人抱养的最佳人选。

母亲那时四五岁，已经知道了"家"的意义。此时被抛弃，是得而复失，是生生被扯出血淋淋的伤口。哄、骗、逼，母亲在号啕中被抱走。外婆含辛茹苦，但要把自己的孩子送人，撕裂的痛苦，巨大的不舍，被送走的孩子也能感受到。外婆安慰自己的唯一可能的理由是：二女儿到了新的人家后能过上比较好的日子。据说外公表现出来的是减了负担的轻松，这对母亲来说，无疑是最大的悲凉。这种伤害一定是寒彻肌骨的。对此，一直到外公去世，母亲也未能原谅。

母亲作为被抱养的孩子之所以有名，是因为她曾被不同的家庭抱养。第一次去的人家，因为后来生了自己的小孩，母亲被送回来。又送去第二户人家，可能是因为养母有了另外的相好，嫌母亲碍事,虐待她,逼她走,没办法,只好回来。母亲于是到了第三个养父母家,也是没孩子的人家,就在本村。"爸爸对我很好!"说起最后这位养父,母亲总是如此深情而肯定,没有丝毫的勉强。如今,快八十年过去了,母亲仍很自然地称呼这位养父为"我爸爸"。这也是母亲唯一称之为"爸爸"的人;对外公,母亲一直称为"老头子",带着怨恨和不满。正因为是对自己血缘上的父亲,天经地义的父亲,这种怨恨和不满更是深入心坎,难以消除。与此相对照,"爸爸"的形象更有了别样的光彩。

母亲接受了这个"爸爸"。因为是我母亲的"爸爸",我对这位从未谋面、只在传说中的男人也有了神秘的亲切感。后来,我从老家的地方志中查到此人,是中共烈士。

就这样,母亲在这个家里生活下来,而且"爸爸对我很好",她有了"爸爸"。除了终于可以吃饱穿暖外,还有了"爸爸"的宠爱,母亲找到了

"家"的感觉。至于"爸爸"如何对她好,我曾经问过母亲,她自然没能说出个子丑寅卯来。"好"和"爱"一样,是无法进行分析、概括的。天下的好,都是说不清道不明的。眼见为盲,口说如哑。

只是,"好",最容易失去,所谓"好景不长"。而且,灾难和打击来临之前,一定不会征求意见,也不管你是成人还是儿童,有没有能力承受。母亲那时被她的原生家庭抛弃,"爸爸"是她唯一的依靠。

但是,"爸爸"突然被"国民党反动派"活埋了,而且是她亲眼所见。那是1947年,母亲六岁。国共斗争的残酷,特别是1927年前后和1947年前后,那种你死我活,我过去是从历史著作和文学作品中看来的,但都不如母亲的讲述让我感受强烈。母亲也是后来才知道,"爸爸"是中共地下党的大队副,当年是和他的大队长一起被国民党活埋的,就在他们那个村的农田里。母亲说:"爸爸"被活埋后好多年,到了阴天,那片农田经常有两团"鬼火"上下翻滚、崩裂，照亮天空。母亲说，其中一团肯定是"爸爸"，只是不知道究竟是哪一团。"爸爸"是不屈不甘，母亲则是难忘不舍。

"爸爸"被活埋时，他老婆也就是母亲的养母躲在家里没敢出来，母亲是跟着养母的妹妹也就是她的小姨到了现场。"爸爸"被五花大绑摁在土坑边，周围有零星的人围观。母亲感觉到了什么，哭喊着要往"爸爸"那儿跑。小姨慌乱中赶紧用手捂住母亲的嘴，努力将她抱离现场，不顾母亲向着爸爸方向的奋力挣扎……类似场景，我也只是在电影电视中见过。

"爸爸"分明是不可能回来了。成了寡妇的养母暗示她已无力独自抚养她的养女、我的母亲。母亲于是再次回到她的原生家庭，成了送不出去的孩子。母亲也知道，随着年龄的增长和家庭经济情况的相对好转，特别是外婆的极力反对（外婆说，即使是带着母亲一起出门讨饭，也不可能再把女儿送人），她不可能再被送人。三次被"抛弃"，心理情感上的伤口，何止三道？母亲自然成了家中"不一样"的孩子，心理上的阴影是无论如何擦洗不掉的。而且，还多了悲伤和荒寒，因为，"爸爸"是永远没有了。母亲说，时间长了，一年又一年地过去，那两团"鬼火"也渐渐消失不见了。母亲说，"爸爸"肯定已经重新投胎为人，显然是再也没法寻找。母亲与"爸爸"父女一场，只有不到一年的时间。

听母亲说起她的这些往事，也是在我为人父之后。快八十年过去了，无可挽回的悲伤、身心撕裂的痛苦，似乎已经被时间漂白。母亲语气平静，只有当说到"爸爸对我很好"时，母亲的声音依然是有温度的，这时候，母亲分明还是被"爸爸"宠爱的女儿。

这世界上的每个人，心上都有一道或多道伤口吧，而因为伤口的主人是我们身边的亲人，恰恰被我们忽略了。那伤口曾经流血，正像火山，后来多年不喷发，休眠了。

母亲说到的这些，应该只是她心理情感经历的很小很小的一部分。有些她能理解，但她表达不出来；有些可能是她永远不肯说出的心底的秘密；而另外一些，她自己可能也弄不清楚。

大概只有小说家，或者用小说的笔法，才能捕捉孩子隐秘、精微的情感。我曾经读过一篇小说来稿，虽然因为其他原因未能发表，但小说对被弃养孩子在见到血缘意义上的父母时的心理描写，给我留下了极其深刻的印象。这与我母亲的故事正好相反，是血缘的神奇关注与吸引。一个生下来就因为种种原因不得不送养的女孩，长到稍稍懂事时到自己的生身父母家治病。父母知道这是自己的亲生孩子，但孩子并不知情。神秘的血缘让孩子看到了父母看她时的"异样"目光，这是她从来没见过、没有"享受"过的。病中的她受到生父母的迟来的加倍呵护，她甚至感觉到自己被一种奇异的花香包围，心脏的某个部位弱弱地塌陷下去，是那种甜美的塌陷，虽然她并不知道原因。生母眼中噙着泪水,叫女孩的名字时,嘴里像是含着一块痛苦的糖,克制着不咽下去。生父抚摸她的头发的感觉也是她从来没有感受过的。他们看着她,惊异、满足而又悲伤。被这样的气氛包围,小女孩从来没有感觉这么愉悦和放松过,这个一出生就被人抱养的性格孤僻的孩子,竟然可以不停说话,对着陌生而又"熟悉"的亲生父母诉说她的遭遇,特别是原来生活的村子里的人看她的另外一种异样的眼神。这些是新闻报道所无法表达的。孩子心理上粗粝而又细微的纹理,那是生命贯通肺腑的真实状况与遭遇,是无法阻断、割舍的血脉神奇。

摇篮和摇篮曲,大概是幸福童年必不可少的吧。有视觉、听觉、触觉,关键还是内心的感受。但睡在摇篮里的那位,当时是没有能力描述对摇篮和摇篮曲的感受的。许多大作曲家如莫扎特、舒伯特、勃拉姆斯都创作有摇篮曲,艺术家们对"摇篮"的表达,既是回忆,也应是结合了自己为人父母后的体会,是父母和孩子的联合创作。摇篮曲旋律轻柔甜美,节奏配合了摇篮的荡动感,目的是哄宝宝入睡。清代诗人赵翼坐船时也找到了这种摇荡感:"一枝柔橹泛波空,牵曳诗魂入梦中。笑比摇篮引儿睡,老夫奇诀得还童。"(赵翼《舟行·其一》)小船轻摇,诗人无比享受,好似回到了小时候的摇篮里。

这当然是在水波不兴的时候。但风浪却是人生的常态,摇篮和摇篮曲注定成为回忆。人生造化不同,命运轨迹各异。人活一世,个人的心理图景更是各式各样,色彩明暗斑驳。心理情感世界,就连它的主人都不能完全明白。而世上每个人的命运都肇始于家庭、起源自童年。孩子的遭遇又总是有着最多的不确定性,有些甚至是被拐卖、送养或者走失,完全脱离原来的生活轨道,漂泊到世界的某个角落,无法与他或她的亲生父母相见——有的是永远不得相见。父母与孩子,天造地设,血脉贯通,本来不仅无法分开,而且分别依靠对方存活。但因为种种主客观原因,有些父母与孩子被硬生生撕扯开,造成世界上最让人撕心裂肺的分离。这是人类最大的悲剧和极罪之一。那些丢失了孩子的父母,或是哭天抢地,或是"闭门屋里坐,抱首哭苍天"。然后就是希望与失望交替的寻找。

我看到一则新闻报道。一位母亲几岁的儿子,被人贩子抱走,母子从此走上互相寻找的绝望之路。儿子终于从人贩子手中逃脱,辗转流浪,已经与父母隔了千山万水。因为当时才几岁,没法找回与父母失散的地点,被好心的渔民夫妇收养。在自己的养父母帮助下,这位人子几十年一直在寻找自己的亲生母亲,那个给他生命和摇篮,抱他在怀中,喂他以乳汁的妈妈。丢失了儿子的母亲离了婚,她衣服的胸口永远印着她儿子的照片,寻找儿子成了她的职业。因为同属于"寻找的群体",这对母子已在同一个朋友圈里,并相互鼓励,但偏偏错过了母子相认。等到 DNA 比对上,母亲已经成为墓碑上的照片;悔得肝肠寸断的儿子,只能抚摸着千寻万找的母亲的照片,哭倒在母亲的墓前。

天可怜见。没有人能完全知道这对母子究竟经历了什么。

谢天谢地,如今有了DNA技术,有些走失的、被送养的或者被拐卖的孩子,通过DNA比对终于找到了自己的亲生父母,父母终于找回了失落的孩子。几乎绝望的寻找,终于等来了亲生父母与孩子相见的抱头痛哭——"抱头痛哭"不准确,怎一个"痛哭"了得?我还没有找到一个合适的词来描述。这样的场景被各类媒体争相报道,引得受众感同身受,唏嘘流泪。回家的路有多长,只有当事人心里知道。但回去的家有些可能只是血缘意义上的,孩子今后如何与生身父母和养父母相处;孩子与自己的生身父母分离之后,身心究竟遭遇了什么,这些显然不再是媒体所关注的了。

孩子的感受与父母一定是不同的。父母失而复得,痛苦也好,欣喜、愧疚也好,是明白的。而孩子当年还小,懵懵懂懂地过了很多年,突然出现了记忆中可能没有的生父生母，其实是有点尴尬的，何况还要面对抚育自己长大的养父母。孩子的心理情感历程曲折隐晦，有着说不清道不明的隐痛，是孩子无法承受，而又不得不承受的。而这些，可能成为伴随孩子一生的伤口和暗疾。

幸运的人，生命中都有一个有形无形的"摇篮"。父母在世，他们永远是爸爸妈妈的宝宝。有家，本质上是感受。有爱他的父母，孩子感觉有家；有自己的孩子，父母也感觉有家。丁克家庭，夫妻相守，有关于"摇篮"的回忆，是有家；现在有独居家庭，曾经有过父爱母爱，也是有家。而有些不幸的人，表面上似乎有家，其实是无家——因为从未有家的感觉，从未回过家。人生最荒凉的，莫过如此。

父爱、母爱，也许还要加上男女之情，那是人类前行的情感支撑，虽然它们大多数时候看不见、摸不着。我母亲缺少父爱，但绝不是荒凉，因为曾经有过，而且那么刻骨铭心。母亲一次又一次被抛弃，但她的心田也绝不是一片荒漠，因为她有过"爸爸"。小说来稿中的女孩，也感受到了血缘神奇的"异样"，虽然她可能永远没有机会解开这个"谜"。她们一次又一次失去，但不是两手空空。

佛教讲断舍离，一切都要放下，包括父母。但发肤乃父母所赠。出家人临终前，也许会念想自己的亲生父母吧。此时父母之义早已化为无形的东西。父母给的摇篮，父亲、母亲哄宝宝睡觉的哼唱与吟哦，孩子睡在摇篮里面时，是有形、有声的；摇篮里的那位长大后，摇篮无形、吟哦无声。可它们并未消失。而且，正因为是无形无声的，才是永不磨灭的，因为这些已经沉淀至心底、融入生命。体验者只有到了生命的终点，那些关于摇篮的种种才变得不可考。

《五灯会元》所载三位出家人的临终偈，涉及父母，其意味忠于佛教，似也超越佛教。重云智晖禅师临终偈语云："我有一间舍，父母为修盖，往来八十年,近来觉毁坏。早拟移别处,事涉有憎爱。待他推毁时,彼此无妨碍。"这是出家人的"理性"口吻,但再"佛系",他也知道父母所赐的身体发肤是不能选择的,而且"有憎爱",词义重心落在"爱"上。西竺寺的尼姑法海禅师殂日说偈曰:"霜天云雾结,山月冷涵辉。夜接故乡信,晓行人不知。"天明时坐化。她是接到故乡的来信走的。而父母所在之地,父母之邦,才是故乡;父母唤她回去,乃是往生。焦山师体禅师活了七十二岁,临终他没说父母所给的"一间舍"毁坏,也没说接到"故乡"来信。他的临终辞众偈说:"七十二年,摇篮绳断。"父母给的摇篮一旦坠落了,那也许才是最后的空。

植物志（四章）

树祖

我喜欢看树，特别是古树。每一次与古树相见，我总觉得是受了上天的眷顾与恩典，否则千载悠悠、芸芸众生，凭什么我们就能相见。那些古树,几百年、上千年地活在世上,那要经历多少、怎样的时光?与古树对视,树当然不会改变,但看得久了,看树的人不由自主地有了变化——当然是心理上的:人犹如此,树何以堪?人把自己看成了一棵树。

树不再是"他",而在不知不觉中变成了"你"。我常有与"你"对话的冲动。

甘肃平凉多山,多树。阅尽沧桑、历史悠久的平凉,也许是因为交通不那么便捷,人为破坏不那么"方便",有些树就偷偷地一直活下来。因此平凉多古树。

平凉的树,都富生气,而且活泼可爱,那是因为他们的老祖仍健在。大大小小、老老少少的树们因此都是孩子:在老祖慈爱的目光下,他们都有小儿女的姿态。与人相比,很重要的不同点是,树从不革祖宗的命;也正是在此基础之上,因为子女、儿孙众多,树祖才能怡然慈祥,否则鳏寡孤独,子孙忤逆,越老越是性情乖戾,那还有啥意思。

个体的树，一定也有他们各自的命运。

我们特地去拜望的这位树祖，被称为"华夏古槐王"，在甘肃平凉市崇信县铜城乡关河村。已是黄昏时分，我们登上半山腰，在开阔的山腰平地上，慕然、蓦然见到他——只能是他，那是祖，是王！虽然他头上没有皇冠，但那巨大的树冠一下震撼了我——皇冠是人为戴在头上，而树冠再壮观，也是从自己的身体里长出来的。品种是国槐，主干胸围十米多，七八个成人才能合围，树冠东西、南北宽都将近四十米，占地面积近两亩。有八大主枝，相互交缠，基围最小的也有三米，最大的近五米。躯干上还寄生着杨树、花椒、五倍子等树种，以及小麦、玉米等多种植物。都是"啃老族"。

据专家考证，他的年龄是三千二百岁。三千二百年前，那还是商周，不知秦汉，无论魏晋，更不要说唐宋元明清了，如今的我们要花好大的劲儿、用多种参照系才能想象他的"老"。关键是，他仍健康，枝枝叶叶沛然有生气。绕树三匝，因为他年事特别高，我心中凛然；因为他老，我又有在他跟前撒欢耍赖的冲动。我们都是树祖膝下的孩子。

当地朋友在树祖跟前放了桌子、板凳，摆上了水果、瓜子、茶水，我们坐着看树。树祖已经成为独特的具体，有他的前世今生，成了相对于我的"你"。树也有自我意识吧，那样，我也可以妄想成为树祖的"你"。我和你！我用眼睛听你，用耳朵看你，并用"心"转换意念，揣摩你。

想当年，不知是何人栽下了你。或者只是一只鸟遗落了一颗种子，无心长成了你？三千多年来，你经历了太多的朝代更迭，多少风雨、彩虹，那都不算什么。多少暴风、雷电、地震、山火、虫害，你是怎么活下来的？此处在半山腰，古代应该人迹罕至，人为破坏不易。因旁有山峰，雷电击中你的机会减少；扎根处在宽阔的平地，地震不能把你震塌。人心险恶，我们怎么想那恶、那险都不为过，你是如何逃过无数劫难，那些险恶心思因为什么未能落实？"高坡平顶上，尽是采樵翁。人人尽怀刀斧意，不见山花映水红"，你是怎样幸运地一次次躲过了刀斧之灾？根仍在汲取，叶仍在吞吐，空气和土壤一定是永不停歇地和你进行着交流互动。"南方水阔，北地风多"，一年又一年风的嘶吼，都未能拿你奈何。

还有无数像我们这样来看你的人。历史上只是记下了唐朝大将尉迟敬德曾在此拴马。岂止岂止！多少自然与人事，你见得太多太多，言多肇祸，所以你不说话？也没有史官会连续记载一棵树的历史。你啊，只能活成一棵树。

我就这样看着你，珍惜与你相处的短暂时光，虽然我根本没有资格跟你讨论"时光"。四周山峦逶迤，树木葱茏，山风来过，树声哼吼，贯通肺腑。懂树的朋友说，这里一定有充足的地下水源，你四处探路的根须早已与地下水源接通，至少三千多年来从未枯竭。而且，向着水源方向的枝叶应更繁茂。看树，水源应在右前方，得到当地人的肯定，那是关河吧？

古树从来不是孤独的,你一定不是单个的存在。崇信还有不少古树,五百岁以上的就有好几棵,写崇信的古诗词,有不少咏叹的是古树名木。这里的树活得长,有风气,有遗传。当地朋友介绍:在离古槐王直线距离不到两公里的地方还有一棵年龄相仿的国槐。大家都想去看看古槐王的这位兄弟。遗憾的是,我乘坐的车开反了方向,天色已晚,错过了跟你兄弟见面的机会。去看了另外那棵树的朋友后来告诉我:大概是在历史上受了雷击,那棵树只有半个身子还活着,活着的半个身子倒也是生机盎然。我想,千百年来,你和这位"半身不遂"的兄弟,一定有着独特的信息系统,天上、地下,想必一直互通着信息。天上有风信、地下有根须的脉冲,你们并不寂寞。

时间虽然已经过去了三千二百年,这样的情形似乎以后也不会改变。想象你们的未来,我有担忧,居然也有信心。

《诗经·天保》说:"如月之恒,如日之升。如南山之寿，不骞不崩。如松柏之茂，无不尔或承。"日月山川恒在，树犹如此，人只有领悟、学习的份。看你、想你的前世后生，我几乎要相信永恒。你相信吗？

"地倾东南，天高西北"，回到东南的我，经常会想起西北的天空，和天空下的你：天高、树高。"涧松千载鹤来聚，月中香桂凤凰归""谷声万籁起，松老五云披"，古老而美好的事物，我们也许只能用宗教的态度对它。

红苹果

在西北的山谷里盘桓，远远近近地看山谷里的树和叶、花和果。浅浅深深的绿意里，有一蓬一蓬月白色的花，开得不疾不徐、不冷不热，不招摇亦不寂寞。当地的朋友告诉我，那是杜梨，也被农人称为野梨或酸梨。缺衣少食的年代，或者对于远离尘世、遁入山林的人们，杜梨是常见的果品，味酸，但营养、健康。已经进化的我们，随着果品的进化，不再食用被称为杜梨的野梨。但杜梨并未失去它的价值，仍然是嫁接梨树最佳的砧木，有它的婚嫁与接引，驯化的梨树才能生命力旺盛，活得长、挂果多，而且抗击病虫害能力强。"人文"就是这样离不开"自然"；离开了山野，与自然疏离，文明只能逐渐衰减。

西北多水果，印象中犹以甘肃静宁、延安洛川的苹果最为有名。那里的人培育苹果，首先得力于当地的自然条件：海拔高、光照充足、昼夜温差大、环境无污染，这些自然条件，少了一条，就不是那个苹果了。所以，它们是"地理标志产品"。在此"自然"的基础上加上"人文"，利用现代化的栽培技术：节水灌溉、生物除虫、自然堆肥，才有了西北苹果的外表与内涵：色鲜形正、酸甜适度、质细汁丰。"自然"与"人文"，不可或缺。

静宁、洛川等为干苦之地，正因为外部的苦寒，那里的苹果才拼命在自己的体内储蓄"甜美",正因为干旱少雨,它才铆足了劲儿集聚水分。这也是辩证法。水草丰美的地方,适合养鱼,不宜种苹果。

这次在西北,苹果才刚刚挂果,羞答答地躲在树叶里。我们吃到的还是去年的苹果,色泽居然像刚采摘的,汁水也特别足。皮特别薄,看起来、吃在嘴里似乎没皮,好像只是为了不让水分流失,才让最外表的一层发挥了皮的功能。果肉鲜、脆、甜,一点不面,咬起来脆生生的,汁水四溢。我不得不说,这真是果中的极品。

静宁、洛川等地的苹果早已走向世界,在高档超市里,卖得比一般的苹果贵许多,正因为互联网的出现,才避免了苹果"养在深闺人不识"的命运和"果贱伤农"的悖论。美得其所。

汉语里形容少女的脸不施粉黛,健康美丽,往往说"像红苹果"。那要看像什么红苹果,像哪儿的红苹果,我想,大概要像静宁、洛川的苹果才一定好看,而且不仅是好看……

平凉、洛川的梨也特别好,那是因为有杜梨或者野梨嫁接,那么,苹果如此之好,也定是有一种野苹果?

竹子

中国多竹,不少省份如江苏、浙江、四川、安徽等都有竹海。竹而蔚然成海,因此大有可观,成为著名的旅游景点。有几次就住在竹海,我早晨起得早,走出去就是漫漫无际的竹子,直接就进了竹的海洋。一个人越走越深,眼前只有竹子,竹子挤着竹子,我试图分辨,自然是再也无法找出竹子之间的差别,无边无际得让人心无着落……

还好,天下的竹子原本是一家的,也许竹子彼此能觉察出它们之间的区别?苏东坡当年在宜兴竹海附近求田问舍,喜栽树,据说他手栽的花树至今还有迹可寻;很难想象,倘若他当年栽下的是竹子,后人还能分辨出哪杆是他当年手植?竹子本无须特意栽种，完全是自然地生长繁衍，砍了一茬，冒出的是好几茬，想想"雨后春笋"这个词，那是一种怎样的欣欣然、勃勃然！

中国人说"竹"，其欣欣然、勃勃然的特性只是次位。一个"竹"字，浩浩然别有深意。"宁可食无肉，不可居无竹""有节骨乃坚，无心品自端""一节复一节，千枝攒万叶。我自不开花，免撩蜂与蝶"，无数的诗人与画家吟咏、描画过竹。中国人在"竹"上所寄托的人格操守、生活趣味，其意蕴已难以用语言说到位。

稍考证一下就会发现：历史上悠游竹海的，几乎都是"赋闲"之人，或者是隐退，或者是被贬，或者是出家……竹海不是个建功立业的地方，但却是优良的修身养性之地。前提是身在此处不能心怀"朝廷"，否则"心烦"，日子也不好过。正如说竹子，"我自不开花，免撩蜂与蝶"，山深竹漫，周围没有"蜂与蝶"给你"撩"，"蜂与蝶"也找不到你门上，怕就怕在心里的"蜂与蝶"，嗡嗡与翩翩。人，到自然环境好的地方，是要借此解决心理环境问题，借自然的生态，改善心理的生态。

现代人往往不说"赋闲"，而说"休闲"，比"赋闲"多了些主动的意味。人们一拨一拨地来到竹海，不必是贬官，不必是隐退，也不一定要做和尚；而是从都市里、从无奈处、从纠结中"逃"出来，寻找人自然的、贴近本真的状态。水泥森林的大都市，未尝不是荒凉，"荒凉"的都市适合创业；水草丰茂之地分明就是繁华，"繁华"的田园洗心涤肺，可以修身养性。与古人相比，现代人也不都是劣势，可以选择的更多，而且进出方便，"出"了"入"，"入"了"出"。就是有一点比不上古人，多花钱，要买门票——卖门票，就可以创业了：旅游休闲业。人与环境的关系就是如此辩证，"出"与"入"永远是这样一对矛盾，而且还将永远下去。

竹有竹海，人有人海，我身在竹海深处，感觉就是在人海里，那种微微的恐惧感——因为周围都是一样的竹子,我有点担心自己走不出去——也与在人海中的感觉相似。生而为人,人同此心,相互能理解,谁不想"有节",谁不痛恨"无节"?"隐",无一例外都是后天的,常常也是一种无奈的选择;如今这个时代,也许只有做个旁观者,才能谈得上"节"?那么也许只有躲开,比如到竹海,我们才能真正地"守节"。但是,差别是永远存在的,同是为人的我们还是能看到彼此之间的差别,天下竹子虽是一家,它们一定也是:冷暖自知。

松竹梅,银杏

人类要生存、发展,免不了要向自然界、向动物植物索取价值。全国多地大面积栽种银杏,自然也是"价值"取向。可以向银杏索要食用价值,银杏果可吃,有营养;银杏叶可以提取相关成分制药,有药用价值;成材后可以提供高质量的木材;它还有观赏价值,用作行道树和庭院绿化,树形端庄，兼具耸雄和优美，而且耐寒，不生病虫害……这一切最后都可以产生经济价值，所以有用。

大概很少有人想过，银杏还可以提供看似无用的精神价值。我想，只要静下心来面对古银杏，每个人都会有心理情感上的触动，只是很少有人会去思考。

银杏是产自中国的最古老的树种之一，被称为树的"活化石"。和它同纲的其他所有植物没能承受岁月的风霜，灭绝殆尽。银杏是仅存的老寿星，它出现在几亿年之前，是第四纪冰川运动后遗留下的裸子植物的最古老品种。银杏生长慢，有"公种而孙得食"之说，栽种成活后四十年左右才能大量挂果，爷爷种下的银杏，孙子才能吃到它的果实，因此被称为"公孙树"。真正的"仁者寿""仁且寿"。

在看到成片的银杏种植之前，银杏在我的印象中总是双株或单株（本是双株，另一株一定在天灾人祸中毁灭）矗立，古老而精神矍铄，威严而慈祥，通常是在寺庙的山门和大殿前。庙宇因为天灾人祸，累坏累建，建筑总是新的；银杏沧桑阅尽，为新建筑背书，我们只能通过它来直观地知道寺庙的古老，是银杏在"指导"人类追怀以往、面向未来，不以物喜、不以己悲。临济义玄禅师在山门前栽树，他的师父问他栽树做什么，他说："一与山门作境致，二与后人做标榜。"银杏足可以为"境致"，一旦没了门口的银杏，寺庙的形象变了，气质也变了。关键是能做"标榜"。标榜一定和精神相关，是"前人栽树后人乘凉"，更是类似于传统中"松竹梅"的东西。只是，我们这些后人已经被庸俗的"成功学"烧坏了脑子，很少有人拿一棵树、一种树作为自己的"标榜"，反思自身的存在了。

中国传统文化中，松竹梅被称为岁寒三友。它们在苦寒季节仍能保持旺盛生命力，大雪之下挺且直的松，有节而虚心的竹，香自苦寒的梅，都是高洁品格的象征。中国人在松竹梅上寄慨尤深。现在想来，我们忽略了银杏这中国自有的树种，至少在精神意义上。

寺庙之所以喜种银杏，肯定不是为了它的经济价值，是为了长久地做"境致"、为"标榜"。"长长久久""长治久安"等都是汉语中最令人向往的词，在所有的植物中，大概只有银杏可以当之。寿而慈，慈而寿，才能更好地自渡、渡人，这符合佛家的精神。

我一次又一次面对银杏，特别是站在高龄的银杏跟前，心里特别宁静，要说"现世安稳"和"岁月静好"，植物中只有银杏能给我传达这样的信息。据说，银杏的萃取物，主要也是治疗人精神方面的问题，让人"静"。如今存世的年龄最大的银杏据说有一万二千岁，那要经历多少时光、风霜、岁月！银杏顺应春夏秋冬，秋冬贡献了果实后，先展现金黄的色彩，然后落叶、洗尽铅华，春夏发芽、生长、挂果，不娇矜不卑怯，不离，不弃，岁岁年年。据说五百岁的银杏仍能挂果、奉献，永远宠辱不惊。

萃取银杏的精神，最恰当的词只能是——"仁"，或者说，在所有的植物中，只有银杏，才当得起这个"仁"字。松竹梅经历风霜之后，才能、也应该走向银杏的境界——"仁"。爱人、奉献、持久、静默，这些是"仁"的含义，是银杏带给我的精神之力。

所以，松、竹、梅，银杏。

酒之道：器与人

喝酒喝酒，酒体本身的品质当然重要，这是"喝什么"的问题。喝酒的另两个要素，其重要性也不可小觑：一是酒具，用什么喝？一是酒伴，跟谁喝？

中国古代的盛酒器具种类繁多，且妙用不同。查良镛《笑傲江湖》中的祖千秋如此大谈酒具：汾酒当用羊脂白玉杯;梨花酒用翡翠杯最好;关外白酒用犀角杯可增酒色;古藤杯可让百草美酒大增芳香之气;青铜爵可显增高粱美酒之古意;夜光杯最适合饮葡萄酒;饮玉露酒要用琉璃杯方可见其佳处;而饮绍兴状元红"须用古瓷杯,最好是北宋瓷杯……南宋瓷杯勉强可用,但已有衰败气象,至于元瓷,则不免粗俗了"。由此可见酒杯的分工之细,而且分工的原则性很强,彼此不可替换。只是,一般人即使知道各种酒杯的妙处,又能到哪儿找到这些宝贝杯子呢?

西方人借助于现代科技,对酒具之道亦有重要贡献。酒杯的设计和制作因此不仅大有讲究,而且大可讲究。好酒杯的设计需兼顾三个方面,调动视觉、嗅觉、味觉共同参与品酒大事。首先,材质的清澈度及厚度对品酒的视觉效果极为重要,这是眼睛品酒;其次,杯子的大小及形状会让酒的香气的强度及复杂度有不同的表现,这是鼻子品酒;再一条,杯口的形状决定了酒入口时与味蕾的第一接触点,从而影响对酒体的组成要素,如果味、单宁、酸度及酒精度的复杂感觉,最后这才是"口福"。只要你讲究,你就无法忽视酒具的这些方面,没法否认酒具之"道"。

现代酒具,用什么喝,当然是法国人的花样多。白兰地、威士忌、香槟、红葡萄酒、白葡萄酒、鸡尾酒、雪莉酒和波特酒,都要用不同的器皿。喝、饮、品,用不同的杯子,杯杯不同。更讲究一些:同是喝红葡萄酒,波尔多的与勃艮第的,还是要用不同的家伙。这杯子的奥妙,实在不是我这等粗人能尽晓的。

还是有比我更"粗"的。到目前为止,喝红酒最"饕餮"、最粗放也最为"糟蹋"的一次,是一位老兄带着我们一群爷们儿去一家叫什么"公社"的饭店喝酒。"公社",顾名思义,是上世纪六七十年代风格,方桌,条凳。男女领班称作"民兵连长""妇女主任"之类。店里根本没有酒杯,一律是粗糙的海碗,碗就是杯,可见其"尚土"精神,打的是怀旧的"土"牌。我们带的却是两箱法国红酒。于是,上好的法国红酒,咕咚咕咚倒进大海碗里……关键是,酒具往往决定了喝酒的风格:大海碗,无法浅斟慢酌、察色闻香;用此物喝酒,必然是另一种喝酒的方式:从长条凳上起立,双手捧起老海碗,泼泼洒洒的,还要仰着脖子,"干"……不要说法国人,连我这等粗人都要为此种景象晕倒!

此是反其道而行之,陡换一种方式体验,只一次足矣,下不为例。这次虽走了极端,印象深刻,但关于酒杯,给我印象最深的却是我朋友的亲身经历,那两只鸭蛋壳"酒杯"。

他们那次喝酒,用的都不是上述这些杯子,也没有碗。20世纪60年代的农村,我的这位朋友和他的伙伴赶着牛车去集上。由于路程和车速的关系,想到"旅途"会比较枯燥,于是带了一瓶老烧酒(苏中农村常见的大麦烧)、两个咸鸭蛋上路。虽然是土烧酒,那个年代,乡下的爱酒者也不是经常能喝上两口的。"旅程"开始后,一路闲聊,蓝天白云,握在手里的鸭蛋青,混合着牛车上干草的温暖芳香……想到以酒佐兴才发现:酒、酒伴和下酒菜有了,唯独没有盛酒的家伙。情急之下,决定先把一个鸭蛋敲成两半,迅速吃掉里面的内容,于是就有了两个鸭蛋壳酒杯……我的朋友说,那一路,酒特别地香;那以后的酒,无论是什么酒,用什么杯子,再也没有那么香过。

杜甫写酒的诗不少,虽然酒量可能不如李白。他的《少年行》三首之一写到酒器:"莫笑田家老瓦盆,自从盛酒长儿孙。倾银注玉惊人眼,共醉终同卧竹根。"瓦盆盛酒不仅"长儿孙",而且有"惊人眼"的艺术效果;醉了卧的也不是"花丛"而是"竹根"。粗朴的原生态。

一人不喝酒,酒逢知己千杯少,酒醉骂仇人,说的是酒伴的重要性,和谁喝?有的是因酒相识,有的是相识相交多年,酒帮助他们、我们更好地敞开了心扉,掏心窝子,不设防,抒情。据我的观察，绝大多数人都是喝了酒以后更可爱，更像个真人——中国人往往戴着面具，而酒最具拆除面具之功。好的酒友有些时日不见，会特别想念，不仅是想酒也不单是思人，而是想念酒和人在一起的状态。"举杯邀明月"，从来是李白们做的事；我若举杯，邀的肯定是酒友，干月甚事？李白所说的"醒时相交欢，醉后各分散"，反正我没经历过。酒友如同战友，唇齿相依。你开心了，酒友会带来好酒让你喝好，让你更好更开心！一旦你有"借酒浇愁"的嫌疑，他（她）的手会盖住你的酒杯，藏起所有的酒瓶，无论你大呼小叫地"再喝一杯""再来一瓶"，绝对"铁面无私"，执法严苛。有时，酒伴觉察出我可能喝高了，一定是送到家门口，确认无事后才肯离开。无数次，喝完酒回家的车上，酒眼蒙眬，看看前座、身边的酒伴，酒的热烈与水的温柔，酒的兴奋与人生的温暖安逸竟可以如此水乳交融。有时酒伴到家了先下了车，剩下我一个酒人回家，辨别出空了的座位，真是有些小小的感伤，是感而不伤。同一"酒壕"里的战友，免不了暂时的分离，好在不久就又可以相见。

十几年前，那时我还单身，常在一起聚酒的是三四个固定的朋友。冬天快来临时，我们曾约定：以雪为期，只要天降瑞雪，大家自动到某一常去的酒馆碰头，不再另外通知。那几年以雪为号，没有一人、一次失信。当你带着满身的雪花，走进温暖的房间，看到你的酒友已在翘首以盼（当然还有美酒），那种幸福是其他幸福所无法取代的。

我坚决反对酗酒，酗酒不仅是对人的伤害，也是对酒的不敬，在天下所有需要把握的"度"中，酒量的"度"是最难把握的。但我岳父战友的这个"酒伴"故事，还是让游走酒坛多年的我感动不已——是那种无法说出也不想说出的感动。

两位老友，当然也是多年的酒友，这次大概是真的喝好了。但酒再好、人再亲，终有一别，酒席散了才有再聚。其中一位，喝完酒夜里骑车回家。也许实在坚持不住了，他歪歪斜斜地下了车，推着自行车走了一段，感觉仍是车行不稳，于是把自行车轻轻地平放在一边，自己则坐靠着一边的大树呼呼睡去。第二天早上，清洁工把他推醒，催他赶紧回家。他于是起身，扶起他那辆宝贝自行车。发现自行车依然不稳当，他于是轻轻将自行车扛到肩上，往自家走。这下居然走稳当了。好不容易将自行车扛上楼，带到家。夫人已经上班，孩子已往学校。他小心翼翼地将自行车安置在自家的大床上，盖好被子，自己则躺到一边的沙发上又沉沉睡去。在他仅存的一点意识里，他把那辆自行车当成了他的酒友：无论如何，他不能丢下他（它）不管！于是才有他那些合情合理、坚定不移的举动。我想还有他不可动摇的信念：不管世事如何变幻，不管酒醉还是酒醒，先安顿好自己的兄弟。这样清醒的意念，连美酒也不能将其麻痹。

卧龙岗上的理想

我站在卧龙岗上。天下地上，暖阳朗照，寂静圆融。因是正午，无一处阴影，光暖遍及每一地、每一处，每一物、每一人，草庐、书院、武侯祠、大拜殿、望月亭、三顾处、躬耕地……还有地上天下的我们，都被阳光揽在怀里，无一处疏忽、没一块死角。

此处本为南阳城西隆起的高岗,乃伏牛山的余脉。因被称为卧龙先生的诸葛亮曾在此居住、耕读,岗因人名,称卧龙岗。如今,这里的一草一木、一瓦一石仍旧与诸葛亮相关。诸葛亮俨然还是这里的主人,且无处不在。

朗朗乾坤,我站在卧龙岗上,想到诸葛亮,脑海里只有一个词:义薄云天。"义",就像这太阳。太阳大概是人类所能见到的最宁静的事物,就像"义",从不鼓噪张扬,但它照耀每个人,不管他是忠义之士还是无义之徒。在中华民族的历史进程中,"义"早已蹒跚起步。在中国,超越"功利"乃文明之始,并贯穿始终。"屈平、宋玉,导清源于前,贾谊、相如,振芳尘于后,英辞润金石,高义薄云天。"(《宋书·谢灵运传论》)但真正让"义"如日中天的是诸葛孔明。只有到了他这里,"义",亮且明,照耀当时、后世,成为真正的"孔明灯"。

"义",乃是个人利益与国家民族利益冲突

时，以国家民族为重，所谓"国家多事，臣子义不得顾私恩"（《明史·于谦传》）。"义"，乃是尚义而轻富贵，所谓"不义而富且贵，于我如浮云"（《论语·述而》）。所谓"义不主财"，遵从"义"的人就不能掌管钱财，不能让"义"沾染铜臭。"义"，乃是滴水之恩涌泉相报，知恩图报，情谊无价，忘恩即是负义。"义"，乃是报答知遇之恩，所谓"士为知己者死"（《战国策·赵策一》）。"义"，乃是同甘共苦，苟富贵勿相忘。"义"，乃是一诺千金，诚而有信，信义无价。曾子每日三省其身，其中一省即为"与朋友交而不信乎"；言而无信，不够朋友，都是对人的极大否定。所以孔子也说："人而无信，不知其可也。"（《论语·为政》）没有信义，你还能成得了什么事呢？

"义"，不容辞。

"义"，也是孟子所说的"富贵不能淫，贫贱不能移，威武不能屈"。"义"，因此要经受"富贵""贫贱""威武"的考验。经不住考验的，当然就是假仁假义、假情假义。

三国虽是乱世,但"义"并不孤。或者说,乱世更彰明了"义"的光彩、凸显了它的力量,患难更见真情、忠义。桃园三结义,义贯始终。进曹营一言不发的徐庶,因母被曹操扣为人质,虽入曹营,但与刘备、诸葛亮有"义"在先,终身不肯为曹操效力。"身在曹营心在汉"的关羽,"忠义仁勇",千载之下,仍有人祭奠,被尊为"关帝"。关羽困在曹营,设计走脱,以诗明志,托人捎给刘备:"不谢东君意,丹青独立名。莫嫌孤叶淡,终久不凋零。"表达了富贵不能改其忠义本色的志向。关羽不事曹操,是要不负桃园结义的兄弟之义;他三次放走曹操,有人说,那是知恩图报之义,报曹操不杀之恩、知遇之情。乱世见"义"真!明遗民王季重对关羽与曹操关系的理解更进一步。他为一关帝庙所写的碑记中这样写道:

……而帝(指关羽,下同——引者注)之

所遇，非仅仅昏愚乱贼之阴也，乃古今大阴似阳之曹操也。操之所窃，皆光天以下之事也。操之心，出门即已无汉，而操之身，至分香犹称安汉也。何也？操终于自王也。操之心，欲自居于文王，而以武王留其子也。忠义名节，操之所欲啖者也。操心知帝在则汉在，即杀帝之身，而帝之心在，则汉仍在，必欲潜移软买，得帝之心以用帝，乃可以致桓烈，乃可以取仲谋，乃可以蒙天下而饱其甘。试思其啖葛之忍，斩发之诈，下邳之役，何难一刃相推？而谬为恭谨如此，厚为遗赠如此！若将曰：吾与尔共奖王室也。帝以为此贼薄轻人至此，彼以礼献，吾以礼酬，立效明报，要示以朋友之谊，既不肯杀，吾去耳。辞操之书曰：'日在天之上，普照万方；心在人之内，以表丹诚。'琅琅大语，万古磨刮，此所谓天下之大阳，破天下之大阴者也。

——《罗坟关圣帝君庙碑记》

曹操对关羽所有的好，都是以此利诱、收买忠义，是要借关羽之阳以"自重"。曹操某种程度上也是大义的向往者，要实现他的英雄梦想，必须借"阳"还魂。关羽看破了这一点，只是用礼尚往来的原则处理。在大义大阳面前，曹操实是不敢造次。囚禁关羽、杀了关羽，从内容到形式都会失义于天下，在大阳的照耀之下，大奸如曹操必定要现出原形，最终也只能放人。大阴如曹操，也想着必须借大阳洗白。所谓"大阳"，正如正午的太阳，既暖照一切，使"阴"无处藏身，又是"阴"们实现不了的理想，也是震慑他们的至高无上的力量。有人说，"恶"也是历史前进的力量，这恶一定在"义"之大阳的震慑之下，否则让它毫无顾忌、肆无忌惮，人间就要成为地狱了。

刘备与诸葛亮的君臣关系应是中国历史上最融洽的，堪称独步古今。《三国演义》中的故事，包括草船借箭、空城计，不少是移花接木，但"三顾茅庐"可证之于史实。《三国志》对此无详细描写,只用五个字表述:"凡三往,乃见。"诸葛亮《前出师表》:"先帝不以臣卑鄙,猥自枉屈,三顾臣于草庐之中。"历史著作和当事人的自述都证明了刘备求贤若渴的真诚和对诸葛亮的"一往情深"。刘备三顾茅庐,把身段放得很低,他的两位兄弟关羽、张飞心里不服气。刘备对他们说:"孤之有孔明,犹鱼之有水也。"关、张两位兄弟听出了其中的真诚,从此也与诸葛亮相始终。卧龙岗上建有关张庙。桃园结义的三位,加进了诸葛亮,才有了蜀汉事业。或者说,正是"义",成就了蜀国。如果重"功利",看"脸色",辨"风向",当时的魏和吴都比没有立锥之地的刘备强很多,大家都去投奔魏或者吴,哪有与之鼎立而三的蜀呢?义也好,气节也好,傲骨也好,似乎虚得很,但其力量却不可小觑,所谓精神的伟力,有着惊人的力道。义,不容辞。

相知乃是人与人关系的至高境界。"人生得一知己足矣,斯世当以同怀视之。"这是清人何瓦琴的联句,鲁迅曾以此书赠友人,现在已成为国人精神肌理的一部分。"士为知己者死",知遇之恩有着不可替代的精神力量。对于诸葛亮与刘备,乃是"夫有知己之主,则有竭命之良"(李兴《诸葛丞相故宅碣表》)。君的信与恩,臣可以命相报。除了兴复汉室、为民请命的理想外,诸葛亮后来所有的努力的原动力都来自于此。

关于君臣相报,汉代学者刘向在《说苑》中说得明白:

> 孔子曰:"德不孤,必有邻。"夫施德者贵不德,受恩者尚必报。是故臣劳勤以为君,而不求其赏;君持施以牧下,而无所德。故《易》曰:"劳而不怨,有功而不德,厚之至也。"君臣相与,以市道接,君悬禄以待之,臣竭力以报之,逮臣有不测之功,则主加之以重赏;如主有超异之恩,则臣必死以复之……夫禽兽昆

虫犹知比假而相有报也，况于士君子之欲兴名利于天下者乎？夫臣不复君之恩，而苟营其私门，祸之原也；君不能报臣之功而惮行赏者，亦乱之基也。夫祸乱之源基，由不报恩生矣。

刘向去三国不远，《说苑》应该对三国的君臣、主仆关系有着一定的"指导"作用。施恩报恩，这是"义"的基本内容。臣不报君之恩，君不报臣之功，长此以往，乃是祸乱的根源。

刘备托孤，《三国志》有记载：

章武三年春，先主于永安病笃，召亮于成都，属以后事，谓亮曰："君才十倍曹丕，必能安国，终定大事。若嗣子可辅，辅之；如其不才，君可自取。"亮涕泣曰："臣敢竭股肱之力，效忠贞之节，继之以死！"先主又为诏敕后主曰："汝与丞相从事，事之如父。"

后世因这段文字，多有议论。被称为"扶不起的阿斗"的刘禅此时已十七岁，不是块定国安邦的料，已见端倪。所谓"家国"，作为蜀汉皇帝的刘备，"家"必在"国"之前，如果他能以国为重，完全可以下诏直接传位给诸葛亮。刘备深知诸葛亮为人，即使在他死后也绝不会废后主自代，所以他完全把话说得很真诚也很漂亮，这后面的背书和抵押物，乃是诸葛亮一贯的品行、"忠贞之节"。诸葛亮三兄弟分仕魏蜀吴三国，各为其主，国人不疑；诸葛亮劝刘备伐同宗刘璋而取益州，世人不以为贪；诸葛亮辅佐后主，专国十二年，与君与臣不生嫌隙，都因有他自己和诸葛家族的无私与大义做背书。此后的诸葛亮，确实做到了"竭股肱之力，效忠贞之节，继之以死"，实践了他的承诺。不仅是士为知己者死，报答知遇之恩；不仅是忠义，也是信义。事实上，"信义"也为历史省下了巨大的运行成本，君臣猜忌的成本不可估量，甚至可招致亡国和大动乱，这可证之于不少历史大事件。

朱熹赞诸葛亮："三代而下，以义为之，只有一个诸葛孔明。若魏郑公，全只是利。""'汉唐之兴，皆是为利。须是有汤武之心始做得。太宗亦只是为利，亦做不得。'先生曰：'汉高祖见始皇出，谓："丈夫当如此耳！"项羽谓："彼可取而代也！"其利心一也。'"魏郑公魏徵本是隋朝叛将李密的部下，后归降唐朝，并说服李密旧部归唐。辅佐太子李建成，玄武之变后，归唐太宗李世民，并逐渐成为李世民的股肱重臣。这个不停改换门庭的魏徵，在朱熹看来，其心必私。刘邦、李世民、项羽等人的理想是打天下、坐天下，而且要把天下变成一姓的天下，并世世代代传下去。这可算是天底下最大的私和利。与他们相比，诸葛亮完全以义为之，没有自己的一毫私利。世风日下，今天的我们完全也可以像朱熹那样说"论三代而下，以义为之，只有一个诸葛孔明"！

诸葛亮当然有他自己成长的过程，南阳称得上是他人生的转折点。作为后世之人的我们，也只有站在这卧龙岗上，才有可能理解其人生与理想、襟怀与操守。古人的理想，我们现代人是要用心去体会才能理解的。当然，"理想"是现代汉语外来词，先人所论应该是"抱负""襟怀"；"理解"，先人的日常用语是"懂得"。古往今来，价值观已然发生了很大的变化，我们要懂得古人的抱负，何其难也。我们更多的是误解、曲解。而且，地下的先人已不能辩解，误解何其深也。

"臣本布衣，躬耕于南阳，苟全性命于乱世，不求闻达于诸侯。"诸葛亮《出师表》中的句子，中国人耳熟能详。无法否认，南阳已经跟诸葛亮紧密联系在一起，是诸葛亮生命的重要节点。他十七岁到南阳，二十七岁在刘备三顾之下，离开南阳走向天下，匡扶汉室，去实践他的理想。这里，留下了他十年的青春年华。

世人对诸葛亮的南阳生活和南阳之前的经历其实没什么兴趣，但对于我们理解诸葛亮的生命历程，这是不可或缺的。他不是一夜立志、偶然成才。他生于汉灵帝光和四年（181年），幼年父母双亡，跟随叔父诸葛玄先到豫章（今江西南昌），再投奔荆州刘表，未受礼遇，流落他乡。不久，诸葛玄卒，诸葛亮和弟弟诸葛均定居南阳，过起了耕读生活。是年，诸葛亮十七岁。天下大乱，群雄并起，男儿建功立业的理想气氛弥漫四方。

当年的南阳居南北交通要冲，从京城洛阳经南阳可至襄阳、江陵，会通南北。不仅如此，从历史资料和现在的历史遗迹可以知道，当年的南阳是冶炼重镇、水利修竣的大郡，地震学、医学研究的中心，医圣张仲景、发明地震仪的张衡都是南阳人。在这样的地方，秀才才可能即使不出门，也知天下事。换在闭塞之地，再博学的秀才也无以知天下。诸葛亮好学而博闻强记，阅读了大量地理、历史、天文、政治、经济、军事方面的书籍。此地和周边有一批饱学之士，如徐庶、司马徽、庞统、庞德公、孟建等。这些良师益友，与诸葛亮"晨夜相从"，对其学识胸襟也有着巨大的帮助。诸葛亮志向高远，以天下为己任，"每自比于管仲、乐毅"，世人认为他轻狂，而知道他"底细"的徐庶等挚友则"谓为信然"。他不仅有此抱负，而且有实现抱负的底气。在南阳，诸葛亮娶了当地名士黄承彦的女儿黄月英为妻。据说黄月英是位丑女，黄头发黑皮肤，但她的父亲、诸葛亮的岳父认为她与诸葛亮"才堪相配"。当时的南阳人以此为谈资，流传为一谚语："莫作孔明择妇，正得阿承丑女。"但此丑女确实有才，有人甚至认为诸葛亮观天象、制作木牛流马、布设八卦阵，多得力于黄月英。"色"，是男女关系的功利，诸葛亮与黄月英的夫妇之义，超越了这样的功利。

诸葛亮生于乱世，长在乱世。汉末山河破碎、民不聊生，于曹操《蒿里行》诗中可见一斑："白骨露于野，千里无鸡鸣。生民百遗一，念之断人肠。"乱世涂炭生灵，也生产英雄，呼唤圣人。陈寿《三国志》说："亮少有逸群之才，英霸之器，身长八尺，容貌甚伟，时人异焉。遭汉末扰乱，随叔父玄避难荆州，躬耕于野，不求闻达。时左将军刘备以亮有殊量，乃三顾亮于草庐之中；亮深谓备雄姿杰出，遂解带写诚，厚相结纳。"可见，诸葛亮与刘备是互相钦慕。诸葛亮在南阳，虽是不求闻达，但理想一直在，"自比于管仲、乐毅"就是明证。他有治世之志。

如今卧龙岗的诸葛草庐，修于元代，有蒙古包的风味。"忠义"二字，不仅是汉人看重。中国文化里有"陋室"的情结，不仅有诸葛亮的"诸葛草庐"，还有刘禹锡的"陋室"、陶渊明的"田园居"、杜甫的"草堂"、归有光的"项脊轩"、张溥的"七录斋"等。其实西方人对奢华的东西也有警惕，如歌德就认为，豪华繁复的家居陈设不利于思想。苦其心志，也是实现理想的必备阶梯。正如明遗民王季重所说："大凡读书之人，生于鼎盛则虚，生于困贫则实，不幸少利则浅，幸而晚达则深。酒肉昏神，绮罗软骨，谈弈废时，佚游短知，故富不如贫。"但卧龙岗的生活虽不富庶，但并不都是苦行僧式的，也有安闲的田园牧歌。至少，《三国演义》有这样的描写。诸葛草庐，既有励志的一面，也有其日常安闲的一面。

卧龙岗武侯祠内有两组蜡像给我留下了深刻的印象，两组蜡像对比鲜明，深深震撼了我。一组位于卧龙岗宁远楼，反映的是诸葛亮一家在卧龙岗耕读时的日常生活场景：诸葛亮手握锄抬头远望，弟弟诸葛均坐着，身后站着均妻林氏；站着的小孩是诸葛均和林氏的儿子诸葛望，而诸葛亮的妻子黄月英则蹲在诸葛望的身边，似在和小朋友交流着什么。诸葛亮和黄月英的儿子在诸葛亮离开卧龙岗后才出生。这是一幅家庭和乐图，一派田园的闲适。明宣宗朱瞻基绘有《武侯高卧图》：衣衫宽松的诸葛亮悠闲地卧于丛竹之下。皇帝为什么如此描绘诸葛亮，皇帝不是希望臣子为他家的江山日夜操劳么？明宣宗描画的也应该是南阳的诸葛亮吧。"大梦谁先觉？平生我自知。草堂春睡足，窗外日迟迟。"这是罗贯中《三国演义》中，诸葛亮在卧龙岗上吟出的诗句。草堂春睡，窗外日迟，岁月静好，安暖相伴，这是人生的理想境界，也是传统政治家、士子、士大夫经天纬地，安社稷、醇风俗，所要达成的理想社会。

站在丽日高照的卧龙岗上，我想象：功成身退的诸葛亮又回到了往日的高岗，光影静谧，春睡迟迟，课子读书，含饴弄孙……而为了实现天下饱足安闲的理想，这样的场景在诸葛亮以后的生命历程中却再也没有出现过。多少年后，李白在南阳这样"送友人"："青山横北郭，白水绕东城。此地一为别，孤蓬万里征。浮云游子意，落日故人情。挥手自兹去，萧萧班马鸣。"据说这首诗送的友人是杜甫。李白与诸葛亮气质不同，他没有联系诸葛亮发表感慨。但"孤蓬万里征""萧萧班马鸣"暗合了诸葛亮离开南阳时的意境。沉郁如杜甫，免不了怀念诸葛，曾如此感慨："遗庙丹青落，空山草木长。犹闻辞后主，不复卧南阳。"（杜甫《武侯庙》）南阳成为永别。

离开卧龙岗，诸葛亮跟随刘备走向历史舞台，大显身手，艰苦备尝，为形成三国鼎立的局面出谋划策，立下汗马功劳。刘备托孤，诸葛亮扶持幼主（还是个暗主），绝无二心，克勤克俭，治蜀有方。"事无巨细，亮皆专之。于是外连东吴，内平南越，立法施度，整理戎旅，工械技巧，物究其极，科教严明，赏罚必信，无恶不惩，无善不显，至于吏不容奸，人怀自厉，道不拾遗，彊不侵弱，风化肃然也。"《三国志》所反映的蜀国治理，已是三代的理想状态了。

诸葛亮的思想，于其所著《论诸子》中可见一斑："老子长于养性，不可以临危难。商鞅长于理法，不可以从教化。苏、张长于驰辞，不可以结盟誓。白起长于攻取，不可以广众。子胥长于图敌，不可以谋身。尾生长于守信，不可以应变。王嘉长于遇明君，不可以事暗主。许子将长于明臧否，不可以养人物。此任长之术者也。"这是诸葛亮的夫子自道，一定程度上反映了他的思想和向往。临危难、从教化、结盟誓、广众、谋身、应变、事暗主、养人物,这些确是诸葛孔明的所为与所长。而这些的基础,无疑是一"义"字;倘若无义,何以临危难、从教化、结盟誓、广众、谋身、应变、事暗主、养人物?《三国志》评诸葛亮说:"诸葛亮之为相国也,抚百姓,示仪轨,约官职,从权制,开诚心,布公道;尽忠益时者虽仇必赏,犯法怠慢者虽亲必罚,服罪输情者虽重必释,游辞巧饰者虽轻必戮;善无微而不赏,恶无纤而不贬;庶事精练,物理其本,循名责实,虚伪不齿;终于邦域之内,咸畏而爱之,刑政虽峻而无怨者,以其用心平而劝戒明也。可谓识治之良才,管、萧之亚匹矣。然连年动众,未能成功,盖应变将略,非其所长欤!"《三国志》总结说:"盖天命有归,不可以智力争也。"在别人看来,也许是不可为而为吧。不管怎么说,诸葛亮有着自己的命运,义也有其作用于人生、历史的规律。义,大概有着更长的运转周期,它在历史的长河中发挥着潜在的长远的作用,不可以一时的表面的成败论"义"。

在魏、吴的虎视眈眈之下,特别是在诸葛亮身后,蜀国朝不保夕。在"义"的规范之下,为了蜀汉江山,诸葛亮真正做到了"鞠躬尽瘁,死而后已"。他曾表后主:"成都有桑八百株,薄田十五顷,子孙衣食,自有余饶。臣身在外,别无调度,随时衣食,悉仰于官,不别治生,以长尺寸。臣死之日,不使内有余帛,外有赢财,以负陛下。"(《临终遗表》)他说到了,也做到了,信义灿然。不仅如此,诸葛整个家族忠贞信义,为大历史付出了巨大的历史成本。

卧龙岗另一组塑像有着强大的悲剧力量,颇具崇高之美。这组塑像位于南阳武侯祠的主体建筑大拜殿内。正中是诸葛亮塑像,两边分别是其子诸葛瞻、其孙诸葛尚(诸葛瞻长子),诸葛家三代共祀一殿。诸葛亮出师未捷身先死,病逝于五丈原,享年五十四岁。蜀汉景耀六年(263年),诸葛瞻与诸葛尚父子同时在绵阳战役中为蜀汉政权捐躯，父龄不足四十，子龄尚不足二十。诸葛瞻拒绝了魏军劝降许诺的高官厚禄，先是斩了来使，然后毅然出战，死于阵前。东晋的文学家、史学家干宝这样评说诸葛瞻："瞻虽智不足以扶危，勇不足以拒敌，而能外不负国，内不改父之志，忠孝存焉。"诸葛尚知父已为国捐躯，魏军已入成都。《华阳国志》以白描写诸葛尚慷慨赴死——"尚叹曰：'父子荷国重恩，不早斩黄皓，以致倾败，用生何为！'乃驰赴魏军而死。"何等亮烈！祖孙三代，几乎是诸葛家的全部，这是诸葛亮家为蜀汉、为历史付出的巨大"成本"。

篡汉自代的曹家父子，残害曹家后人、灭魏立晋的司马父子，在诸葛亮祖孙三代面前，应是抬不起头的吧。如今的天下人，所佩服于诸葛亮者，乃因其智，而且不是大智，乃是"智谋"，是用计。诸葛亮遗留给后人的，岂止是计谋？如果说要计算历史的"利润"，那就是"义"吧。诸葛三代，倾其所有，以高昂的成本，带给中国历史如此丰厚的利润！这样的历史利润泽被后人，后人享用着其恩泽而不自知。中国经历多次劫难而不亡，不也是多多得益于这付出了巨大成本的利润么？

情义也是推动历史进步的巨大能量。没有刘备与诸葛亮的君臣之义和刘关张的兄弟之义，就没有蜀国的建立以及后来的儒家治理。情义也是人生的滋养与救赎。倘若社会上都是背信弃义的名利之徒，这样的人生是令人绝望的。特别是在动乱年代，信义、情义乃是沙漠中的甘泉，不仅可以救人性命，也给人希望甚至别一样的享受，提振人心，使人生得到升华，从精神层面上极大提升人生的质量。

知遇之恩与忠信之义，乃是中国传统文化道德中所熠熠生辉者。倘世上无忠信，绝情义，乃灯灭，黑灯之下，就都是狗苟蝇营之徒了。

长居成都的杜甫，大概总能感受到诸葛亮的气息,写了多首与诸葛亮相关的诗。如最著名的《蜀相》:"丞相祠堂何处寻,锦官城外柏森森。映阶碧草自春色,隔叶黄鹂空好音。三顾频烦天下计,两朝开济老臣心。出师未捷身先死,长使英雄泪满襟。"《咏怀古迹五首·其五》:"诸葛大名垂宇宙,宗臣遗像肃清高。三分割据纡筹策,万古云霄一羽毛。伯仲之间见伊吕,指挥若定失萧曹。运移汉祚终难复,志决身歼军务劳。"毛宗岗父子用明代状元杨慎的《临江仙》为《三国演义》开篇:"滚滚长江东逝水,浪花淘尽英雄。是非成败转头空,青山依旧在,几度夕阳红。白发渔樵江渚上,惯看秋月春风。一壶浊酒喜相逢,古今多少事,都付笑谈中。"杨慎似乎看尽兴亡沧桑,但对诸葛亮却是心有念念,大概是不忍让"义"付之东流吧。正德戊寅(1518年),杨慎访武侯祠,见祠壁有无名氏所题诗句:"剑江春水绿沄沄,五丈原头日又曛。旧业未能归后主,大星先已落前军。南阳祠宇空秋草,西蜀关山隔暮云。正统不惭传万古,莫将成败论三分。"杨慎能在心里记住这首专记武侯事迹的诗,并在多年后复述给他人,他是不忍将诸葛亮也"付笑谈"啊。

文如其人,人如其文。诸葛亮是一位真正的儒者,他的《出师表》与苏轼《赤壁赋》、李密《陈情表》都是历史上的名文。但只有诸葛亮《出师表》中有"拳拳之心",且情深义重,无私,无文饰,这都是苏轼和李密所不能比的。李密以蜀汉旧臣入西晋为官,《陈情表》虽然动人,但骨子里是以人伦情感自保,他只能是诸葛亮的仰慕者。李密的儿子李兴曾撰《祭诸葛丞相文》,倒是理解诸葛亮的,我想:他一定也认为《出师表》远超他父亲的《陈情表》。《赤壁赋》是美文,性情之文,是自得自洽之文,但没有《出师表》的深情。苏轼自己也说:"孔明出师二表,简而且尽,直而不肆,大哉言乎!与伊训、说命相表里,非秦汉而下,以事君为悦者所能至。"《出师表》哪仅是一个"忠"字了得?!

"儒有君子小人之别。君子之儒，忠君爱国，守正恶邪，务使泽及当时，名留后世。若夫小人之儒，惟务雕虫，专工翰墨，青春作赋，皓首穷经；笔下虽有千言，胸中实无一策。"这是《三国演义》中诸葛亮舌战群儒时的论点。大难来时，大概是不能依仗所谓纯粹的文士。太多的文士把所谓的理想停留在嘴上，没有付诸实践的胆识与勇敢。小儒形态的文人，其实是越来越不中用了。"野老生涯是种园，闲衔烟管立黄昏。豆花未落瓜生蔓，怅望山南大水云。"周作人的这首打油诗写于1942年，抗日战争进入关键时期。诗中可以感觉到文人对时局的忧虑，山南大水对于种园之人，确实是恐惧压顶，吓都吓死了。周作人不是儒家，不肯承担责任，没有迎难而上的勇气，所以要么逃避，要么投降。

　　诸葛亮的理想与操守、功业与坚持，鞠躬尽瘁、死而后已，确乎不是一二文士所能比拟的。后人没有忘记诸葛亮，惦记着他的忠义，中华大地上，光是纪念诸葛亮的武侯祠就有九处。陕西汉中勉县武侯祠建于蜀汉景耀六年（263年），建立时间最早，且是唯一由皇帝下诏修建的武侯祠。最让我心动的是此武侯祠内的一株旱莲。据说这是世界上仅存的一株古旱莲，已经四百多岁，栽于明朝万历年间。旱莲三月开花，但此前花苞要孕育十个月，且先开花再长叶。初开花时呈玫瑰红色，盛开时红白相间，极似莲花，称为旱莲。无水，而要开出莲花。我由此联想到诸葛亮：他不就是中华民族的一株旱莲么？

在花洲书院想念范仲淹

生而为人,免不了以一定的方式与古人相见。也免不了以那些可敬的人为荣,为那些卑鄙的人而耻。同为人类,我们理应为我们的祖先骄傲或者羞耻。人到了邓州,特别是走进范仲淹始创的花洲书院,免不了与范仲淹"相见",并且想念他。

21世纪的我,站在时空之轴上,把酒临风,思前想后，亦喜亦忧，我就特别想念11世纪的你。范公，我真的想念你。

"庆历新政"遭遇失败，你其实是被逐出京城的。仁宗给你留面子，封了点虚职。你应是觉得自己还可以做点实事，所以选择"知邓州"。新政失败，有幸灾乐祸的，有暗自庆幸的，当然也有失落同情的。宋朝虽优待文官和言官，文官一般不会有杀身之祸，但处罚也是很严厉的。这已不是你第一次被逐出中枢。前面几次，你基本上都是因言获罪。从二十七岁进士及第到五十五岁主持新政，在漫长的官宦生涯中，你每遇国家大事，总是仗义执言，慷慨陈词，因此三次被贬：1029年，你因谏止太后还政，被贬；接着又为谏废郭皇后之事累累上书，被贬；1036年，你看出宰相吕夷简任人唯亲、官官相护的鬼名堂，进献《百官图》，揭露他们的鬼把戏，因此与权相发生激烈冲突，第三次被贬。大多数人怕得罪权贵，选择了沉默。但还是有人为你鸣不平，甚至有人强调与你的友好关系，要求

"连坐"。还有人为你出郊饯行,虽然只有两位:龙图阁直学士李纮、集贤校理王质。欧阳修作《朋党论》为你辩护:"大凡君子与君子以同道为朋,小人与小人以同利为朋,此自然之理也。然臣谓小人无朋,惟君子则有之,其故何哉?小人所好者利禄也,所贪者财货也,当其同利之时,暂相党引以为朋者,伪也;及其见利而争先,或利尽而交疏,则反相贼害,虽其兄弟亲戚,不能相保。故臣谓小人无朋,其暂为朋者,伪也。君子则不然。所守者道义,所行者忠信,所惜者名节。以之修身,则同道而相益;以之事国,则同心而共济;始终如一,此君子之朋也。故为人君者,但当退小人之伪朋,用君子之真朋,则天下治矣。"虽然君子难得,大多数人只能看到眼前的利益、利害,从"利"如流,避"害"沉默。但圣贤、祖宗的训诫声声在耳,哪个人不想做君子?至少都想和"小人"撇清关系。《朋党论》从理论上界定了君子与小人,而且论证了:君子才能成朋。君子成为一种荣誉和精神向往，所以还是有人主动与你站队。

或者是担心你说真话吃亏，或者怕因你连累自己，或者两者兼而有之，一次又一次，朋友、同党让你少说话。晏殊曾是你的举荐人，批评你上书言事过于轻率，不但是担心对你自己不利，而且也是怕你连累他吧。你回了一封长信《上资政晏侍郎书》给他，坚定士子初心：凡有益于天下社稷之事，必定秉公尽忠直言，虽有杀身之祸也在所不惜。好友梅圣俞看你管不住自己的嘴，多次以言遭祸，因此作了一篇《灵乌赋》赠你，劝慰你，其实就是劝你闭上"乌鸦嘴"，少得罪人、少惹麻烦。你虽有感于好友的心意，但并未做出改变，而是作一篇同题《灵乌赋》作为回应，其中的名句"宁鸣而死，不默而生"掷地有声，你的儒家信仰从未改变。坚定的思想信念、深入骨髓的精神理想，不会因时事的变化、朋友的劝导而放弃。

你可不知道，在你身后，在元代的异族统治之下，文人士大夫特别是汉族士子当然就没好日子过了。明代虽是汉人朝廷，但从朱元璋开始就狠狠地打知识分子的屁股。清朝文网密布，文官不但没有豁免权，而且常常因言获罪，甚至因此掉脑袋，株连九族。经历了这三朝，中国士人的脊梁骨非断即弯。在我生活的这个时代，知识群体已养成了"高明"的生存策略和心理调适技巧。中国古代有所谓"游士"，从封建关系中脱离出来，思想上解放了，能够自由地探求理想之"道"，并且说要仗义执言、替天行道；孟子也说"处事横议"（社会批判），他们倒还是都有生路。时间到了21世纪，我突然发现，我们在不少方面真的不如11世纪的你！人类在"成长"的过程中丢失了很多东西。成长就是堕落，得到就是失去。

想到这些，我就特别想念你。

这次你从开封一路到邓州，沿路并没有人迎送；基层官员最会看上面的脸色，看风使舵是他们自保的主要技巧。对此，你心知肚明，一定不会介意；但人生的感慨是有的。那是庆历五年（1045

年），你已经五十六岁。上任后，你首先营造百花洲，重修览秀亭，构筑春风阁，设立花洲书院。重视教育，你一直身体力行。教化民众实际上是儒家官员和士大夫的首要任务。你早年曾应晏殊之邀执掌应天书院教席。景祐元年（1034年），你知苏州，大力兴建郡学。晚年你又设义田、建义学，对族中子弟实行免费教育，激劝"读书之美"，范氏义学在教化族众、安定社会、淳化风尚上取得了巨大成功，开启了中国古代基础教育阶段免费教育的新风尚。何止是重视教育，你无疑是那个时代顶级的教育家。你继承和发展了儒家正统的教育思想，把"兴学"当作是培养人才、救世济民的根本手段。在《上执政书》中，你明确提出"重名器"（慎选举、敦教育），把当时科举以考试取人、而不在考试之先育人，比之为"不务耕而求获"，主张"劝学育才"，恢复制举并使之与教育相衔接。《范文正公文集·卷之四》收录的《上时相议制举书》："夫善国者，莫先育材，育材之方，莫先劝学。"庆历年间主政时，你再次提出要复兴学校，革新贡举，着力改革科举考试制度、完善教育系统、加强学堂管理，各地亦奉诏建学，地方学堂如雨后春笋般涌现，时称"盛美之事"。

师资选择上，你提倡明师执教、经实并重，注重对教师的培养和选拔，把"师道"确立为教育的重心，你推荐的名师胡瑗、李觏等，后来都成了北宋著名的教育家。教学内容上，你虽提倡"宗经"，以儒家经典培养通达"六经"、悉经邦治国之术的人才；但同时注意兼授算学、医药、军事等基本技能，培养具有专门知识、技能的实用人才，这是一定意义上的职业教育。你一直身体力行，无论"居庙堂之高"，还是"处江湖之远"，足迹所涉，无不兴办学堂，教泽广被。你培养、延揽的人才，百年之下，在人才问题上仍在享受着你当年的教育红利。

宦海沉浮，其实你对隐逸生活不是没有向往，你与"梅妻鹤子"的林逋的交往，你写下的众多凭吊隐士遗迹的诗词，都能说明这一点。你被贬睦州时，曾为东汉的大隐士严子陵修祠堂，并亲撰《严先生祠堂记》。刚到任邓州，你即去了城北的严子陵钓鱼台，并作《钓台诗》："汉包六合罔英豪，一个冥鸿惜羽毛。世祖功臣三十六，云台争似钓台高。"但你最多只是向往而已，你做不了隐士，而且，从这些诗词中可以看出，你更多颂扬的是不慕荣华富贵的高风亮节。你也从未像苏轼等人那样把释家引入自己的人生和诗词文章。正像程颐、程颢批判佛教，你同样很警惕释家的"自私"吧。

我看出来，你也免不了一些人生的感慨："人世都无百岁。少痴骏、老成尪悴。只有中间，些子少年，忍把浮名牵系？一品与千金，问白发、如何回避？"（《剔银灯·与欧阳公席上分题》）你少年时，由于父亲早逝，你随母改嫁改姓，比一般的小孩更为不易；老年几乎一直在被贬途中。仕途、名利、美色，这些你都曾得到不少，比一般官员多得多。但你并不受这些牵累。你注定了不仅是一位

"办事"的能臣，而且是"传教"的思想家。

你不仅能治国安邦，而且为文学史提供了特别的东西。《渔家傲·秋思》是边塞词的首创，而且直接开启了宋代豪放词的创作，并由此开辟了宋词崭新的审美境界。"塞下秋来风景异，衡阳雁去无留意。四面边声连角起，千嶂里，长烟落日孤城闭。浊酒一杯家万里，燕然未勒归无计。羌管悠悠霜满地，人不寐，将军白发征夫泪。"气象阔大，没有自爱自怜。你也有北宋流行的艳情之作，如《苏幕遮·怀旧》："碧云天，黄叶地，秋色连波，波上寒烟翠。山映斜阳天接水，芳草无情，更在斜阳外。黯乡魂，追旅思，夜夜除非，好梦留人睡。明月楼高休独倚，酒入愁肠，化作相思泪。"虽是艳情，但有开阔的时代背景，婉丽而深情，艳而不小，丽而不弱。

你还是古琴高手，曾作《鸣琴》："思古理鸣琴，声声动金玉。何以报昔人，传此尧舜曲。"你主要不是借琴谢知音，而是要传古仁人之心。陆游

《老学庵笔记》载："范文正公喜弹琴，然平日止弹《履霜》一操，时人谓之范履霜。"你居然只弹一首叫"履霜"的曲子。我知道，你祖上有叫"履冰"的，《诗经·小雅》："战战兢兢，如临深渊，如履薄冰。"危险随时都可能出现，人生当处处谨慎，小心翼翼。你做人、行事不致如此。你是"履霜"。《礼记·祭义》："霜露既降，君子履之，必有凄怆之心，非其寒之谓也。"郑玄注："非其寒之谓，谓凄怆及怵惕，皆为感时念亲也。"后因此以"霜露之感"指对父母或祖先的怀念，或者就是一种时代的精神感慨吧。你庄重、谨慎，且热心肠，怀念当是为了传承吧。

邓州是你人生和精神的节点。此前，你已经历了许多，为地方官、边帅直至宰相主政，你的道德文章、功业政声已名满天下。此后你再也没能进入中枢，人生进入后半段甚至是尾声。在这里，你的生活是丰富的，你在此写下了八十一首（篇）作品，是你创作的高峰期。而且，你以天下百姓为己任的理想并未磨灭,这仅从你的诗中就可以感觉到。"求民疾于一方,分国忧于千里。"(《邓州谢上表》)在小城邓州,你依然想的是分国忧。"庭中无事吏归早,野外有歌民意丰。"(《酬李光化见寄二首》)堂上没有官司,对于执政者来说是莫大的欣慰,也是德政追求的理想。"七里河边归带月,百花洲上啸生风。"(《依韵酬太傅张相公见赠》)你的生活还是很丰富的,在七里河,在百花洲,与友人夜宴,与学生聚会,啸傲人生,其喜洋洋者已。

繁华并未落尽。我感觉你依然是强大的,特别是在精神上。庆历六年(1046年)九月十五日,你在邓州花洲书院春风堂写下的《岳阳楼记》,可以说是你的思想总结和精神宣言。你的好友滕子京谪守巴陵郡,重修岳阳楼,邀你作记。知道你不会有时间到现场,只寄了图片和一些文字资料来。与好友共同的命运所激发的儒家的人生理想、人生感叹、士子情怀,一唱三叹为《岳阳楼记》,成为传唱千古的名篇。

登岳阳楼,"淫雨霏霏"时,不免"去国怀乡,忧谗畏讥,满目萧然,感极而悲者矣";也不免"春和景明"时的"心旷神怡,宠辱偕忘,把酒临风,其喜洋洋者矣"。人生不免悲和喜,进和退,那么如何处理这两对矛盾呢?你的回答没有犹豫,没有装腔作势,其声调一直响彻历史的天空:"不以物喜,不以己悲。居庙堂之高,则忧其民,处江湖之远,则忧其君。是进亦忧,退亦忧。然则何时而乐耶?其必曰'先天下之忧而忧,后天下之乐而乐'乎!"至此,在邓州,你终于完成了自己的精神涅槃。从此,"先天下之忧而忧,后天下之乐而乐"成为中国士子的精神骨架,千年之下,无论何种党派,不论战争还是和平,你的这句响当当的话总会被人不断地引用。可以说,这篇写在邓州的《岳阳楼记》,不是写给滕子京的,不是写给皇上的,不是写给同僚的,甚至不是写给岳阳楼的。不为求进,不为求退,不为教育,不是辩护,不是宣言。它是写给你自己的，是自我总结、自我认定、自我提醒。

《岳阳楼记》也不孤独。写《朋党论》为你辩护的欧阳修同期被贬滁州太守。他在此写下的《醉翁亭记》与你的《岳阳楼记》有着异曲同工之妙。"醉翁之意不在酒，在乎山水之间也。山水之乐，得之心而寓之酒也。""然而禽鸟知山林之乐，而不知人之乐；人知从太守游而乐，而不知太守之乐其乐也。"欧阳修之乐不仅在于"山水之间"，更在于"乐"众人之"乐"，众人乐乃是太守乐的根源。这几乎已经是"先天下之忧而忧，后天下之乐而乐"的同调了。

立德立言立功，有了《岳阳楼记》，这三者在你这儿都齐了。不过，你还是希望有更多自己的同道："噫！微斯人，吾谁与归？"你的担心不是没有道理的，你的同道，特别像你这样把儒家的理想和行为统一起来的并不多。比如，在你之前，你的朋友晏殊和政敌吕夷简都曾任泰州西溪盐仓监，但他们的政绩和政声就没法跟你比。

我的家乡东台有一条著名的范公堤,我从小耳熟能详,但那时并不知道它究竟是什么。只知道,范公堤以东、以西的方言略有区别,我至今仍能分辨两者间幽微的差异,而这外人绝难区分。范公堤东西的土壤、出产的农作物也不一样,堤西可长水稻,而堤东不行。长大后我才知道,千年之前,你任泰州西溪(今主要在东台境内)盐仓监时,带领当地民众修筑了这条海堤,后人称为范公堤。范公堤是一条南北方向的捍海大堤,横跨通、泰、楚三州,全长一百公里,以当年的政治环境、当年的工程条件,你要克服的各种艰难险阻可想而知。由于大堤成功阻挡了海水的侵蚀,此后护佑一代又一代后人的生活、耕种、盐业。我小时候就知道,由于范公堤成功地阻遏了海潮,堤西仍保持了水乡的特点,堤东长期被海水浸泡,虽然海水逐渐东移,裸露的土地基本上是盐碱地,但经过多年的改造休养,适合种植棉花、西瓜、果树等。那时,你才三十三岁。在此,你除了主持公务外,还结交了滕子京、富弼、林逋等人,亦师亦友,你们后来都保持了终生的友谊。在此,你还写下了大量的诗词。如《西溪书事》:"卑栖曾未托椅梧,敢议雄心万里途。蒙叟自当齐黑白,子牟何必怨江湖。秋天响亮频闻鹤,夜海瞳曨每见珠。一醉一吟疏懒甚,溪人能信解嘲无。"在这凄风苦雨的海角,你不敢妄自菲薄,反而强化了你"以天下为己任"的雄心大志。

随着海水东移,新的防海大堤如今已远在七十公里外,这是千年沧海桑田的距离。但有些东西静静地留了下来。你不知道,如今的西溪上演着一部以你为主人公的情景剧,表现的就是你当年克服重重困难营造捍海堤、为盐丁减盐课的故事。范公堤如今只留下了一些痕迹。但它显然留下了一些宝贵的东西,有些是肉眼所看不见的。你的音容笑貌,在我家乡人的想象中,还能在东台吹拂的海风中隐约出现。在邓州、苏州、杭州等你主政过的地方,都留下了这样一些看得见和看不见的东西。你的精神仍能时时让人触碰到，有时是鼓励和号角，有时是鞭策和警钟。

当年我家乡的盐丁亲身感受到了你的功德，像我这样盐丁的后代，依然会想念你。是喜爱，是钦慕，也是向往。

你同时代的欧阳修和蔡襄对你有着相似的评价。"公少有大节，于富贵、贫贱、毁誉、欢戚，不一动其心，而慨然有志于天下，常自诵曰：'士当先天下之忧而忧，后天下之乐而乐也。'"（欧阳修《资政殿学士户部侍郎文正范公神道碑铭并序》）"公薨之后，独无余资。君国以忠，亲友以义。进退安危，不易其志。立身大节，明白如是。"（蔡襄《祭范侍郎文》）即使是你的政敌，在你离世之后，也能给你客观的评价。你在世的时候，因为政见不同，有些人看似在你的敌对阵营，但最了解你的可能是你的"敌人"，他们内心对你是敬重的。他们在你身后评价你，说的往往才是真话。

你当然不知道,毛泽东曾这样评价你:"中国历史上有些知识分子是文武双全,不但能够下笔千言,而且是知兵善战。范仲淹就是这样一个典型。"(孙宝义、刘春增、邹桂兰编著《毛泽东的读书人生》)特别是在重文轻武的宋朝,一个文官能上马解决让人束手无策的边患,无疑具有了别一样的魅力。范仲淹的词,"介于婉约与豪放两派之间……既苍凉又优美,使人不厌读"(《读范仲淹两首词的批语》)。既能豪放又能婉约,既能阳刚也能优美,不仅丰富,而且辩证,让人喜爱。你应是个可敬又可爱的人,用如今的话语,你该是一位"男神"。毛泽东对你的评价,倒是从一定的角度说出了你的独特魅力。

统治者早早地就发现和利用了你的价值。你当然不会知道,清代之后,你就被从祀于孔庙和历代帝王庙,康熙称你为"先儒范子",乾隆赞你"学醇业广",有号召广大士子和各级官员向你学习的意思。千载以后，你在多种途径上影响着后世子孙。陈寅恪在1929年所作王国维纪念碑铭里的话："先生之著述，或有时而不章。先生之学说，或有时而可商。惟此独立之精神，自由之思想，历千万祀，与天壤而同久，共三光而永光。"大概也是导源于你的"宁鸣而死，不默而生"吧。如今世界上一些党派，虽然政见不同，但都会把你的"先天下之忧而忧，后天下之乐而乐"挂在嘴边，写在座右。

我坚信，你后世的一代代，其精神血管里多多少少还流淌着你的血脉，所以才可能有一种精神意义上的回溯。这是一种深层次的想念！

文人传统——从王鏊到柳亚子

在吴中大地游走,看园林、祠堂、士绅庄园,还有近代工商业遗址和现代产业园,感受较深的是江南风物、时髦而根基深厚的江南工商文化。而印象最为深刻,并让我时时念想的,却是它的文人气息,是它的人文传统。

崇文重教是文人传统的重要方面。特别是明清以来，江南地区是向传统官僚体系输送人才的基地，举人、进士、状元，在江南可谓比比皆是。而这些人一旦退归故里，往往能反哺生他养他的这方土地，成为江南的精神骨架，形成了特色鲜明的江南文化肌理。有次走苏州，我是先去太湖边东山镇的陆巷古村，然后转去吴江的黎里古镇，从古代的遗存到今天的创设，时时能被一种文气熏染，并思考环境与文化、人与传统的问题。有段路我们是绕太湖行驶，一边是粉墙黛瓦的姑苏人家，一边是烟波浩渺的太湖。形容江南最著名的词语可能是"小桥流水"，这话被人说顺了口，不再有人深究，江南被片面地理解，甚至被歪曲。这次，我第一次形象地感受到：海一般的太湖才是江南的中心，没有太湖，哪来的小桥流水？太湖还连着长江，大运河贯穿江南大地，因此，江南乃是：大湖、大江、长运河。这是江南水的"大陆架"，没有这副骨架，哪有江南文化；如果只是小桥流水，那江南文化早就枯竭了。

江南何以成为江南，何以延续、成就为今天的江南，一定有它综合的、深层次的原因。江南文化，乃是江南汩汩涌动的血脉。"耕读传家久，诗书继世长"——这种观念已深入吴地的骨髓。千百年来，课子读书是江南日常的生活图景。读书，辅导晚辈读书，乃是日常生活本身，是习惯，也是理想。朴学大师俞樾罢官后居苏州，潜心学术四十年。他不是什么教授或研究员，没有工资，没有其他人来考核，带学生也只是私人讲学性质。更重要的是，诗书之家还成就了一大批文化世家子弟：他们一生下来就受着文化熏染，更易成为文化传承的重要环扣。俞樾的曾孙俞平伯在回忆曾祖给自己做启蒙教育时写道："九秩衰翁灯影坐，口摹苦帖教重孙。"这大概是祖孙人生最美好的光景了吧。也是最文气的时尚。这样的教化，成就了一批又一批江南士子。

陆巷虽只是一个村，但历史上出了很多名人。当然是文人居多，王鏊无疑是其中影响最大的一位，陆巷有他的故居和家族祠堂。陆巷村王鏊故居"惠和堂"是一处明基清体的大型群体厅堂建筑，其占地面积约为五千平方米，据说共有厅、堂、楼、库、房等一百零四间。其轩廊制作精细，用料粗壮，大部分为楠木制成；瓦、砖、梁、柱也均有与主人宰相身份相对应的雕绘图案。王鏊的另一故居"怡老园"位于苏州市学士街内。王鏊祠原名王文恪公祠，位于江苏省苏州市景德路274号，1995年被列为江苏省文物保护单位。祠堂为其子中书舍人王延哲于嘉靖十一年（1532年）奏建，其址乃景德寺废基，历经清康熙、乾隆、嘉庆、同治、光绪年间多次修缮。王鏊祠是保存较完整的一座祠堂建筑，头门虽已改为清式，过厅和享堂仍为明代遗构。1980年祠堂曾全面整修，现为苏绣艺术博物馆址。这是王鏊留下的物质遗产。当年不烧煤、没有电，建筑不会考虑现代意义上的舒适和环保。天圆地方、天人合一，中国传统的吉祥物，还有历史教化故事，都是建筑过程中考虑的因素。可见日月山川，与山水自然相亲。建筑内必有书屋、书房，主人读书的地方往往有多处；大户人家，还设有供宗族子弟读书的学堂。读书是头等大事，不仅是光宗耀祖，更是精神追求和情感需要。

江南烟雨，外地人体会到的可能是浪漫的风情。但潮湿，古宅里甚至有些阴暗，可一点都不颓靡。那些厅堂、柱廊上的对联，字斟句酌，抑扬顿挫，字字铮铮，不仅有诗情画意，更有人生的追求和理想，与对于人伦、家国的理解。前人的提醒和训诫，通过这样的方式，时常回响在后人的耳边和脑际，成为精神的一部分，甚至是底座的那部分。

明代哲学家王守仁被蒋介石等历史人物称为"完人"，而王鏊又被王守仁赞为"完人"；唐寅赠联称其"海内文章第一，山中宰相无双"，因此，有人把王鏊当作"奇人"。其实，他走的是传统士子的经典道路：读书，考取功名，为官，退归乡里，成为士绅，重整、维护乡里的文明秩序，成为文明承续中的一环。

王鏊于明景帝景泰元年八月十七日（1450年9月22日）出生于洞庭东山震泽乡胥母界陆巷口王氏三槐堂王琬旧第，其父王琬曾任光化知县。王鏊自幼随父读书，据说八岁能读经史，十二岁能作诗。十六岁时随父北上入京师，于国子监读书。因写得一手好文章，其文一出，国子监诸生就争相传颂，他因此被一些京城官员称为"天下士"。成化十年（1474年），王鏊在乡试中取得第一名"解元"。成化十一年（1475年），他在礼部会试又取得第一名"会元"，殿试一甲第三名，被授翰林编修，一时盛名天下，在家乡苏州陆巷更是传为美谈，成为"别人家的孩子"。正德二年（1507年）八月，王鏊最终加少傅兼太子太傅、武英殿大学士，仍任户部尚书，成为朝廷重臣。至此，王鏊可谓走过了传统士人的最成功路线，让同时代的人羡慕不已。他在朝廷如何为官，已不是我们今天关注的重点。在明中后期黑暗的官场，特别是宦官当道的情势之下，王鏊不可能施展他的政治抱负。史书记载较多的是他与宦官的斗争。为官相对清明当然重要，否则就没了他从事后面的文化事业的威望。能知难而退，见好就收，也是古代"完人"的准则。正德四年（1509年）五月，他三次上疏请辞，终被批准。武宗赐他玺书、马车，有关部门按旧例供应粮食、奴仆。王鏊在吴中家居近十六年，廷臣怀念他在朝时的德与才，交相荐举。王鏊不仅知道政治的黑暗，高官厚禄的代价过于高昂；而且，他已经在吴中找到了他的"事业"，因此坚不复出。王鏊不仅能善终，而且成就他的文化理想，造福乡梓，与他前半生的努力和后来的选择大有关系。

今日回顾王鏊，人们还记得他的文化传承的事功，因为他的这份事业还在泽被后人。而他作为高官的作为，早就淹没在历史的长河中了。

文化事业有其纯粹性，比政治阔大、深厚，因此不能按照权贵的那套来。这可称为"文化气节"。寿宁侯张峦是王鏊姻亲，张峦显达后，王鏊与他便断了往来，甚至赶走张峦派来慰问馈赠的使者。世俗之人当然会认为王鏊做得欠妥。王鏊说:"当初万安攀附万贵妃,我曾以之为耻,难道现在能去依从寿宁侯吗?"也许有人会说:这是文化人的一种做派和表演。即便如此,这种做派和姿态也是必要的,而且必须贯彻始终。

尚文者,不能役于物。据史书记载,王鏊退居吴中近十六年,"不治生产,惟看书著作为娱,旁无所好,兴致古澹,有悠然物外之趣"。筑室也是为了藏书,比如新建的"颜乐堂""宜晚轩",都是藏书楼。他是明代重要的藏书家之一,与吴中藏书家吴宽、唐寅、文徵明等时有切磋。据清人姜绍书考证,王鏊的藏书印就有"济之""御题文学侍从""渭北春天树,江东日暮云,何时一樽酒,重与细论文""王济之图书""大学士章""三槐之裔大宗伯章""震泽世家"等,以此也可见王鏊藏书之富。他认为重要的内容,还自己出资刊刻,如他倡议刊刻的《孙可之集》《古尚方》等,都成为重要的地方文献。

文人理想的重要组成部分当然是写作、撰述。正德八年至正德十二年可谓王鏊创作的高峰期，每两年一部新作：正德八年（1513年），撰成《震泽纪闻》；正德十年（1515年），撰成《震泽长语》；正德十二年（1517年），撰成《震泽文集》。其所撰《姑苏志》共六十卷，更是费心费力多年，分沿革、疆域、山水、风俗、户口、城池、寺观、古迹、纪事、杂事等，共三十一门。《四库全书总目提要》评该志"繁简得中，考核精当"。这是他为家乡文化传承作出的重要贡献。

德高望重的士绅往往能为乡里立标杆、定标准。标杆和标准，可能是显性的，也可能是潜在的。还有为百姓代言。王鏊归乡后，深感吴中赋税之苦，并做了深入调查，作《吴中赋税书与巡抚李司空》，精辟剖析了吴中重赋的形成、发展、现状及对策，不仅为当时当地百姓申述，而且为后世学者研究明代吴中重赋提供了较为权威的依据。

一人对一地的影响，还在于对其环境、气氛、气质的培养。王鏊的文学观重古而不泥古，文章、诗歌都取得了很高的成就。不可否认，他的影响力与其高第探花、台阁重臣的身份相关，但他的人格魅力、道德文章，是他影响弘治、正德时期台阁、乡邦文学发展的更重要原因。他善于识人、乐于提携后进。归隐吴中后，他承接、团结老一代以吴宽为核心的吴中交游圈，吸纳了新一批吴中及淮左文人，如唐寅、文徵明、都穆、蔡羽、邵宝、杨一清、靳贵及"娄东三凤"等，成为继吴宽之后的吴中文坛魁首和精神领袖。他对吴中诗派，尤其是其中坚力量如"吴中四才子"等，产生了更为直接的影响。狂士如唐寅赠他的楹联："海内文章第一，山中宰相无双。"虽有应酬、歌颂的成分，但可看出，作为晚辈的唐寅，对他是服气的。

作为乡绅领袖，"墓志铭"类的文章，也必然是王鏊写作的一部分。如为顾佐、倪岳、赵宽、沈周等名人撰写墓志，作盖棺论定，当然非他莫属。王鏊此类文章写人纪事，联系时代兴衰和人物命运，重视节操品藻，质朴厚重，不矫不饰，不仅体现了他品评人物的标准，也有一定的文学价值，成为一定时空内风气的一部分。

优游山水、宴饮唱和是地方文化生活的显性部分，重要的活动会被史书记载。正德三年（1508年），王鏊再次出游他喜欢的宜兴。宜兴籍官员邵贤，自山东提学副宪告老还乡后，在周孝侯祠崇邱建造了"东邱娱晚堂"，成为退休官员和乡绅文士的聚会场所。是年，王鏊在此会见宜兴此类人士十二人：九江推官万盛、黄州府经何钊、平乐知府李廷芝、湖广布政司参议翁信封、翰林学士吴经、工部侍郎沈晖、宜春知县杨琛、通政王玉、福建布政司李云、山东按察司副使邵贤、归州知州胡琏、抚州知府胡孝。为了纪念此次宴集，王鏊撰写了《东丘娱晚记》，刻碑现存周王庙。当然不仅是老人聚会，年轻文人、晚辈骚客也是聚会的重要成员。史载，正德十六年（1521年）四月，王鏊与门下士祝允明等八人于怡老园之池亭饮宴，并赋诗唱和，作品当即流传,并为地方史志和个人文集所载,成为文化记忆的一部分。

王鏊作为一时吴中文人领袖,其影响力一定超越了这些方面。这种影响当然是文化意义上的,丝丝缕缕,今天的江南,王鏊一定传下了些什么——最重要的那些,其实是看不见摸不着的。

我还沉浸在对王鏊和陆巷的回忆中,车已到了黎里镇。如今,柳亚子算得上黎里镇上声名最响的历史人物。他也算是由文而仕:1949年出席中国人民政治协商会议第一届全体会议,中华人民共和国成立后,曾任中央人民政府委员、全国人大常委会委员,此后任政务院文教委员、华东行政委员会副主席、中央文史馆副馆长。文人传统到了柳亚子一代,呈新旧交替的状态,与作为传统士大夫的王鏊已有了很大的不同。柳亚子出生于1887年,适逢中华民族三千年之大变局。这种"新"当然涉及政治、经济、文化、宗教等诸多方面,柳亚子及其环境之"新"有其迹象和表征。比如他的名字。他本名柳慰高，字号较多。读了卢梭的"天赋人权"说之后，他遂以"亚洲卢梭"自居，并改名人权，号亚庐。友人高天梅因"亚庐"之"庐"笔画太多，而写作"亚子"，这便是"柳亚子"名号的来历。比如他的婚礼。他的夫人、当年的新娘郑佩宜已是新女性，白天裹脚（以应付爷爷奶奶的教诲），夜里放脚；大概脚主要在夜间生长，所以是天足。婚礼选择在盛泽郑氏老宅举行，新娘不盖方巾，不戴首饰，不跪拜而以鞠躬代之。这样的"文明"婚礼在盛泽可谓开风气之先，不但引来众人争相观看，而且在相当长时间内是街谈巷议的素材。再比如大地景观。黎里1903年建起了天主教堂，就在柳亚子家的斜对面，不知柳亚子对那高耸的身影是何感受。

这些还是偏在表面。整个社会正酝酿着大的变革，风起云涌。柳亚子只参加过县试，科举就取消了，青年失去了传统的晋升通道，革命成了主旋律,"掀天揭地""震电惊雷"。苏州吴地本是晚明东林、复社、几社的主要活动之地,活跃着著名爱国诗人、抗清志士吴易、孙兆奎、杨廷枢、顾咸正、刘曙、钱梅、陈子龙、夏完淳等。黎里紧邻上海,在晚清的风雨飘摇中较早接触西方民主学说和革命思潮。时代风雨、吴地风气、前贤事迹,成就了柳亚子。加入同盟会,创立南社,办报鼓吹革命,旧瓶装新酒,用古典诗词表达革命思想,柳亚子成为革命的号兵和鼓手。与中共领袖的诗词唱和,更让他声名大震。

新旧交替时代的人物,其"新"是显在的,甚至是耀人眼目的;其"旧"往往是潜在的,容易被人忽视。而"旧"之顽固常出人意料。柳亚子在黎里的家,现在编为苏州市吴江区黎里镇中心街30号,原为清乾隆工部尚书周元理的私邸,新人住在旧宅,这是柳亚子没法选择的。柳亚子是一个以诗歌为武器的政治诗人,郭沫若曾评价他:"是一位典型的诗人,有热烈的感情,豪华的才气,卓越的器识,随着时代的进步而进步。"有学者指出,柳亚子的诗感慨豪宕、沉郁深婉、热情奔放、独树一帜,他开一代革命诗风,写出了敢哭、敢笑、敢怒、敢骂的革命史诗。他的文学成就主要是诗,而且是旧体诗。旧其表新其里,诗体的选择跟他传统的文学修养有关,也勉强不得。

学而优则仕,由文而士而仕,这应算是旧思想。柳亚子以文字方式有功于革命,且颇为自得,希望能有个他认为恰当的官职,并为此有牢骚甚而进退失据,显然是旧的东西在作怪,不符合现代知识分子的要求。

在我看来,柳亚子的功业相当程度上还是在文化传承方面,是他作为一个文人的角色担当。他在收集编撰吴江及苏州历史文献、收集上海图书、校勘南明史料等方面,都投入了大量精力,贡献巨大。这是柳亚子作为一个文人的职守,也是他作为传统文人的自觉。与今日之事不同,和王鏊一样,他做文化传承之事基本上是业余,没有工资,不评职称，而且常常要自掏腰包。1918年，因人事纠纷等原因，柳亚子辞去南社主任职务，回到家乡，便把精力投向搜集本土地方文献上。他将前人的书籍目录《养余斋书目草本》《养余斋书目》重作调整、核对，又自辑《养余斋松陵书目》《养余斋书画目录》，并有目的地搜集、整理吴江地区乡邦文献，与同乡、图书目录学家薛凤昌发起建立吴江文献保存会，编写《吴江文献保存会书目》，共收集吴江人著作七百四十种。若发现别人家藏的孤本和尚未刊刻的稿本，柳亚子也不惜人力、物力抄写，参加抄写的人员中就有他的儿女柳无忌、柳无非。据说这样的抄本就有一百余种，柳亚子亲自作校对、审定。他还辑录若干地方文献，见存上海图书馆的《分湖诗钞》稿本二十三册，辑录吴江地方历代作者四百余人，诗作二千五百余首，前十九册按作者姓氏分册，后四册分别为"杂姓""闺秀""方外"和"寓贤"，呈现了分湖地区及苏南、浙西的历史文化、艺文景观。这样的文人自觉，与王鏊是一致的。

20世纪30年代初,柳亚子任上海市通志馆馆长,主持编撰《上海市通志》。在此任上柳亚子从无到有,多方收罗相关文献资料。上海市通志馆自成立至1937年"八一三"时关闭,柳亚子带领一班人,利用图书馆若干图书文献,出版了两本《上海研究资料》,四期《上海市通志馆期刊》和三部《上海市年鉴》,为上海留下了宝贵史料。

当革命处在低潮时,当人生失意时,甚至是性命不保时,作为文人革命家的柳亚子从来闲不住,往往自觉地把文化使命担在自己肩上,以文化续命。日军侵占上海,柳亚子先是被困法租界,后流落香港。这段时间,柳亚子投入到南明史料的收集、考订、编撰上,成果颇丰。

文化不是据为己有,而是传播、继承,润物细无声。柳亚子的藏品最终都献给了国家,只给后代每人一张五百元的存单。这是文化意义上的高风亮节。柳亚子早年即留意搜集各类书籍,后兼及其他文献收藏。1950年10月,他先是将其故乡吴江市黎里镇旧宅中的藏书全部捐出,计有书籍四万四千余册,还有私人信札四百余件。他自1919年就开始搜集南明史料,并长时间潜心于南明史研究,所藏有《南明史料书目提要》,著录南明史料图书数百种,并将藏书处名为"羿楼"。另有《磨剑室藏革命文库目录》,著录书籍皆为辛亥革命时期的国民革命书刊。柳亚子病故后,家属遵其遗嘱,将手稿遗著二十余种、所藏图书七万余册全部献给上海图书馆、苏州博物馆、中国革命博物馆。这是柳亚子作为一个文人的巨大贡献。和王鏊一样,他的那些"革命"壮举,已然飘散不见。

唐朝就有"吴中四士"的说法,这四人是:张若虚、贺知章、张旭和包融。初、盛唐之交,四人齐名,他们又都是江浙一带人,唐朝时这一代就称为吴中,因此人们称他们为"吴中四士"。王鏊时期的"吴中四才子"是:唐寅、文徵明、祝允明、徐祯卿。这八位至少有六位如今仍是大名鼎鼎,知名度很高。吴中的文气早就氤氲起步，这种传承早就开始了。王鏊的后代出了不少举人、进士，到了当代，更是有几位院士。院士虽属理工科，但不是武将，不是官员，仍还是"文"。

传统文化当然有着两面性。在其病态的情况下，特别是在其晚期，某些传统的东西确也能成为抵制健康血液输入或健康器官移植的阻力，体现为闭关锁国，以道德建设代替其他。更主要的是，它可能为反动保守势力所利用。被既得利益的守旧势力曲解、利用的传统文化当然已经是变了味的传统文化。传统的江南文化，如果被片面理解为逃避现实的所谓琴棋书画和莳花弄草，不应该有太多的市场；如果是重视文化教育，是风骨气节，是文化担当，是现代知识分子仍旧需要的为民请命，这依然是难能可贵的。前些时候，我曾看到媒体报道，一位著名作家说要回归传统文人生活，不知他的侧重点在哪儿。有人提出，中国不能像西方那样早早产生科学，是因为中国的文人的地位太高；中国几次沦于异族之手，是因为崇文抑武。乍看似有道理。但我们也应该看到：没有好的人文环境，没有独立思想和自由意志，一味"政治正确"，连重理性和实验的科学都会走样；中华民族之所以没有亡国灭种，恰恰不是因为全盘西化的科技发达和武人逞强，而是传统文化始终在发挥着深层次的作用。所谓传统文化，正如历史学家朱维铮所说，好比人体的免疫机制，在正常的情况下，可以抵御病毒的入侵。中国几次到了亡国的边缘，但始终能抵御外侮，赶走侵略者，很大程度上是得力于文化传统的正面作用。对前人传下来的文化遗产，如何辨别、承继那些优质的部分，是永远的课题。诗人艾略特认为，每一个独特天才的出现，都在重新组合传统。如果没有王鏊、柳亚子们，我们连辨别和重组的材料都没有，只能成为文化的飘萍，离亡国就不远了。《三国演义》诸葛亮舌战群儒，关于儒家，他有精辟的论述："儒有君子小人之别。君子之儒，忠君爱国，守正恶邪，务使泽及当时，名留后世。若夫小人之儒，惟务雕虫，专工翰墨，青春作赋，皓首穷经；笔下虽有千言，胸中实无一策。"所谓文化，当然不能只停留在文字上。

我在这儿呀!

中国的修身传统源远流长,对个体生命的修行有着严格的要求,要你出污泥而不染,甚至要你遗世独立,但是对"污泥",对世道的黑暗往往缺少应有的警惕和批判,因为你周围的环境越糟糕,就越能显示你人格的伟大——这就有点折磨人的意思了。我想,要恶毒地对待一个人,让他(她)遗世独立倒不失为一个好的方法。

张爱玲就是这样被"遗世独立"了的所谓"奇女子",或者说是被众多的作者和读者塑造成了一个奇人。国人有着"猎奇"和"神化"的"优良传统",至于现实种种对她生命的挤压和伤害以及她心中的苦楚,没有多少人去关心。晚年的张爱玲过着不能再简朴的生活,跟外界的接触仅限于和二三好友的电话和书信联系,表现出对凄凉人世的几乎是决绝的态度。但即使到这时候,不少人仍是以"奇"观之,不惜跟踪和窥视,甚至把张爱玲扔掉的垃圾袋一一捡回,关心的也只是她在吃些什么用些什么,并且长篇大论地把这些写出来,张爱玲完全成了猎奇的对象,这正是张爱玲最大的悲剧和委屈所在——把张爱玲作为猎奇对象又未尝不是猎奇者的悲哀?

张爱玲之所以屡屡成为别人的话题,除了她在文学上的成就外,相当程度上也是因为她悲剧性的爱情婚姻。对她的爱情婚姻,我也没法以奇观之。

相知相守是爱情婚姻的最朴实也是最高的境界。张爱玲一生中有过两个丈夫,一个是胡兰成,一个是甫德南·赖雅。张爱玲与胡兰成可谓相知,但却不能相守;与赖雅相守,但却并不一定相知。对他们两位,张爱玲事后绝口不提。

张爱玲与胡兰成在对"相知"的态度上表现出了高度的一致。张爱玲评价一个人的重要标准是"聪明",最主要的是能懂她,能"知"。胡兰成对"相知"更有自己的一套理论:"我于女人,与其说是爱,毋宁说是知……情有迁异,缘有尽时,而相知则可如新……"(《今生今世》)但是,两人某种程度上都注重了"真",忽视了"善"。因为在现有的现实条件下,"真"与"善"尚不能做到统一,"真"的往往结不了"善"果,"善"的常常失"真",人生也就需要一些委屈和迁就。张爱玲说:"因为懂得,所以慈悲。""真"在前,"善"在后;但对我们这个纷纷扰扰的人世,又往往是因为慈悲,才能懂得。可以说,张爱玲的遭遇和伤痛也就是"真"的免不了的遭遇和伤痛。

在现实生活中,张爱玲事实上也做不到始终坚持"真",即使是对她的一生中最爱的男人胡兰成,也是感情掩盖了其他,避免不了俗世的恩恩怨怨。张爱玲赠给胡兰成照片,在照片背面题的那段话,我一直以为是世界上最美的爱情语言:

> 见了他,她变得很低很低,低到尘埃里,但她心里是欢喜的,从尘埃里开出花来。

张爱玲认为"谦虚"是女人的本质,"因为女人要崇拜才快乐,男人要被崇拜才快乐"(《苏青张爱玲对谈记》)。中国的爱情讲"爱慕",不仅是"爱",还有"慕",有"慕",爱情更多了一份欣喜;对于张爱玲,更有"从尘埃里开出花来"的欢喜和绚烂。在《今生今世》一书中,胡兰成虽然对他和张爱玲之间的爱情极尽渲染,但我相信基本事实是站得住脚的。热恋中,二人终日厮守在房里,女的痴痴地对男的说："你怎这样聪明，上海话是敲敲头顶，脚底板亦会响。"又"你的人是真的么？你和我这样在一起是真的么？"甚至"你这个人嘎，我恨不得把你包包起，像个香袋儿，密密的针线缝缝好，放在衣箱里藏藏好"。这些话完全是陶醉在爱情中的女人的痴言痴语。从张爱玲的小说看，她是个看透了俗世男女情感婚姻本质的人，这些话似乎不可能出自张爱玲之口。不过想想也没有什么奇怪的，爱情婚姻就是这样：看别人清楚，轮到自己就糊涂，谁也没有拒绝自己心中爱的感觉的能力。胡兰成将他们的事详细地写进了《今生今世》，张爱玲却从此缄口不言，在《对照记》中亦不列胡兰成的照片——除了儿童时与弟弟的一张合影外，全书没有一张张爱玲与男性的合照。正如《诗经》说的："于嗟女兮，无与士耽！士之耽兮，犹可说也。女之耽兮，不可说也。"所以张爱玲说："女人……女人一辈子讲的是男人，念的是男人，怨的是男人，永远永远。"（《有女同车》）

在中学毕业刊的调查栏里，关于"最恨"一项，张爱玲写的是"一个有天才的女孩突然结了婚"。但是，人人都有寻求人生安稳的需要，特别是女人。一部《诗经》，张爱玲最喜欢的是"死生契阔，与子成说。执子之手，与子偕老"几句。这几句诗出自《国风》，写士兵出征，追忆当初曾与妻子有白首偕老之约，如今却无望活着回去再聚，伤痛之情不能自已。"与子偕老"的夫妻相守的境界应是张爱玲所向往的。张爱玲与胡兰成也有过类似的誓约，他们结婚时，曾立婚书："胡兰成与张爱玲签订终身，结为夫妇，愿使岁月静好，现世安稳。"对于婚姻，张爱玲是很珍重的。婚前，她与胡兰成沉浸在爱情的欢乐和喜悦中，不但对他已有家室不存芥蒂，即使对他的风流才子气乃至挟妓游玩，亦能宽容。在给胡兰成的信中，她说："我想过，你将来就只是我这里来来去去亦可以。"显得非常大度。但在签订婚约后，张爱玲实际上已经做不到那样宽容，虽然婚后一段时间内，两人依然情意融洽。等到胡兰成到武汉创办《大楚报》，与护士周训德关系暧昧，张爱玲要胡在她与周训德之间做一选择，没有商量的余地。要求虽然很正当，但与婚前相比，张爱玲的态度已大不一样，婚姻在张爱玲这里显然是神圣的。但胡竟然以种种理由推托，拒绝做出明确选择，及至逃亡温州，又与范秀美同居，张爱玲与胡兰成的婚姻才走到了尽头。就婚姻来说，相知相悦已经远远不够，还要能够相守，需要"善"。但在那样的动乱年代，张爱玲与胡兰成注定了不能圆满，何况胡兰成信奉的只是"相知"。

张爱玲的要求看起来并不高，她追求的只是生命的素朴，生活的本色，对个性的尊重。她从来没有标榜自己为超脱之人，相反地，她一次又一次地说她的"俗"。如果因为张爱玲向往本色的生活我们说她"奇"，反倒显得我们"奇"了。在家庭生活上，她向往的也是普通人家媳妇的生活。中学时代，她第一次得了稿费，没有用它买书之类的做纪念,而是立即去买了一支小号的丹琪唇膏。张爱玲说:"用别人的钱,即使是父母的遗产,也不如用自己赚来的钱自由自在,良心上非常痛快。可是用丈夫的钱,如果爱他的话,那却是一种快乐,愿意想自己是吃他的饭,穿他的衣服。那是女人的传统的权利,即使女人现在有了职业,还是舍不得放弃的。"(《苏青张爱玲对谈记》)与胡兰成热恋时,张爱玲稿费收入颇丰,但胡兰成给她钱,她也就高高兴兴地接受,享受普通女人的"传统快乐"。穿衣也是女人传统的快乐项目,这是张爱玲很着意的事情,她曾不惜花大量的时间自己设计衣服,有人称为"奇装炫人"。还有购物。香港沦陷后,她和女友天天到城里买东西,以此作为消遣,这也是大多数女人乐此不疲的事。和胡兰成结婚后,对时局毫无兴趣的她竟也陪着夫君出席世事座谈会,因为夫妻同进同出能给她家的感觉。胡兰成办了《苦竹》杂志,张爱玲不仅把自己当时所写的最好的文章给了它,还动员自己的好友来帮助设计封面——

能够帮助自己的丈夫做事,她心里是欢喜的。胡兰成想到日后大祸临头要化名躲藏,张爱玲说:"那时你变姓名,可叫张牵,又或张招,天涯海角有我在牵你招你。"情意何等切切。

虽说女人的生活不应是男人施舍的,但将男性撇在一边,两性关系也就没法谈了。可当时中国的男人们都在忙着"革命"和"反革命",忙着反侵略,他们有的是不想过平常的生活,有的是想过日常的生活而不得。我曾经嘲笑一个女孩说:站在街头吃零食的怎么都是女孩?她回答我说:张爱玲也喜欢在街头吃东西,我们知道享受生活;你们男人就知道搞政治还有发动战争。我想想也不是没有道理,胡兰成就是个热心政治的主儿。他在《今生今世》一书中又说:"我的愿望,亦不过是要使闾里风日闲静,有人家笑语。"但对身边的女人都不能给以"安稳"和"静好",他干政治的目的很值得怀疑。在《自己的文章》一文中,张爱玲曾经将爱情和战争、革命做了比较:"我以为人在恋爱的时候,是比在战争或革命的时候更素朴,也更放恣的。战争与革命,由于事件本身的性质,往往要求才智比要求感情的支持更迫切……和恋爱的放恣相比,战争是被驱使的,而革命则有时候多少有点强迫自己。"恋爱"是放恣的渗透于人生的全面,而对于自己是和谐"。按照张爱玲的理解,人只有在恋爱中才能有那骑自行车撒把的飞扬。革命和战争的目的本应是为了解除对人的种种束缚,但往往弄成了权力更迭和物质再分配,只要有战争和革命在,爱情必定是要受挫的。胡兰成这样一个"革命家"加风流才子也是不宜家室的吧。

张爱玲想过普通女人的生活,但这并非说她就是"一般群众","一般群众"追求向往的往往不是生活的素朴,他们看不到素朴生活的意义。张爱玲认同小市民,并不是说张爱玲就是小市民。这种人理论上本该幸福,因为对于他们来说,"真"即"善";但即使到了现在的社会条件之下,也注定幸福不了,内外种种条件制约,谁也别指望完全脱身事外。

张爱玲的身世和经历确有不平常之处，因此不少人将张爱玲理解成了遗世独立、不食人间烟火的奇女子，就是穿衣，也是卓尔不群的。其实即使是穿衣，张爱玲也避免不了种种"善"的考虑，不同的时期、不同的心境，穿着必然有所变化，"奇装炫人"也是需要条件的。柯灵的《遥寄张爱玲》一文中，作者三次见到张爱玲，张爱玲三次穿着均不同。第一次：

> 那大概是七月里的一天，张爱玲穿着丝质碎花旗袍，色泽淡雅，也就是当时上海小姐普通的装束，肋下夹着一个报纸包……

此时的张爱玲尚未成名，来向柯灵投稿，虽然有设计个性鲜明服装的能力，但没有那份心境，或者说还没有那个"胆"。第二次，张爱玲已经红遍上海滩，且与胡兰成正处在热恋中，达到了所谓事

业和爱情的巅峰:

  那时张爱玲已经成为上海的新闻人物,自己设计服装,表现出她惊世骇俗的勇气,那天穿的,就是一袭拟古式齐膝的夹袄,超级的宽衣大袖,水红绸子,用特别宽的黑缎镶边,右襟下有一朵舒卷的云头——也许是如意。长袍短套,罩在旗袍外面。

此时的张爱玲,不但有骑自行车撒把的技术,更有撒把的心情和勇气。事业上的成功是一个方面,但对于一个女人来说,可能更重要的是爱情的力量,使得她在穿衣问题上达到了随心所欲的地步。

  第三次是1950年,万里江山一片红的时候,张爱玲应邀出席上海第一次文学艺术界代表大会,"季节是夏天,会场在一个电影院里,记不得是不是有冷气,她坐在后排,旗袍外面罩了件网眼的白绒线衫，使人想起她引用过的苏东坡词句，'高处不胜寒'"。虽然抗战胜利，但由于胡兰成当汉奸等原因，张爱玲开始变得低调，虽然此时的打扮已由绚烂归于平淡，但在男女一律蓝布和灰布的中山装中间，还是显得惹眼。

就是对她生命中很重要的写作，张爱玲也不能做到"遗世独立"。1952年张爱玲离开内地去香港后，由于经济的原因，她不得不为香港美国新闻处干她不愿做的翻译工作，到了写小说《赤地之恋》，为了赚取生活费，她已经是在别人的授意下工作，连写作大纲都是由别人事先拟定的，完全是在适应别人政治的需要。

张爱玲后来离开中国，原因很多，但最主要的一条，还是因为看不到本色的生活，无法保持个性，一片蓝灰中山装中间是容不下一袭旗袍的。为了这，张爱玲一生注定了要一次又一次地付出惨重的代价。这一次她要将自己连根拔起，离开故土，将自己抛向完全陌生的大陆。1955年秋天，她从香港乘船抵达纽约不久,即迁居救世军所办的女子宿舍,其服务员就是附近街道上的酒鬼、流浪汉,张爱玲的处境可以想象。除了写稿以外,她并无任何打算,也没有什么积蓄。假如写的稿子没有英美书商要出版,或出版后并不卖钱,这个可怜的女人生活就无法得到保障。

张爱玲在美国的生活境遇注定了她的第二次婚姻免不了世俗的考虑。在麦克道威尔文艺营,她结识了赖雅。大约半年后,二人结婚,张爱玲才三十六岁,而赖雅已是一个六十五岁、多次轻微中风的老人了。对于当时的她来说,同一个有资格进麦克道威尔文艺营的美国文人结婚未尝不是一条好的出路。嫁给赖雅,还可以加入美国籍,避免颠沛流离的生活。她哪会知道六十五岁的赖雅早已钱、才两尽。赖雅"是个热情而又关心人的男人,对她的工作既有兴趣,对她的幸福也很关怀"(司马新《张爱玲在美国》)。但不知道赖雅有没有把自己中风多次之事在婚前告诉张爱玲;如果没有,显然是不道德的。再者，张爱玲在婚前即已怀了赖雅的孩子，赖雅可能是考虑到经济的原因，坚决要她堕胎，显得有些残忍霸道。张爱玲和赖雅的文化背景迥然不同，张爱玲虽然通英文，了解西方文化，但她骨子里却是中国的；加之年龄、性格和生活习惯上的反差，他们之间的爱情佳话是难以让人信服的。张爱玲一直与赖雅相守着，尽着做妻子的责任，直到赖雅去世；但相知相悦的境界却难以达到，加之经济拮据，幸福何从谈起？一些人没有根据地美化张爱玲的第二次婚姻，可能是出于一种善良的愿望，但更可能是为了再一次制造"传奇"。

张爱玲到了美国直至她离开人世，在文学上也始终没有什么大的成就。虽然后来由于种种原因，张爱玲的作品再度走红，除了在经济上极大地改善了她的生活外，对她来说已经没有什么意义，那人生一撒把的感觉是再也无从体会的了。

张爱玲去世后，无数的人写悼念文章，无论是说她功德圆满也好,还是说她去得美丽也好,大多是拿张爱玲做镜子,为自己找借口,自怜,自哀。张爱玲临水照花,照见的是质朴而又绚烂的自己;这些人从自己出发,在张爱玲这面镜子里看到的却是歪斜的、不真实的自己,反过来又歪曲了镜子。一个凡人在特定的历史条件下,我们怎么能要求他功德圆满?张爱玲那样凄苦地死去还是"去得美丽"?把人神化,对谁都没有好处,历史一次又一次地证明了这一点。我之所以不厌其烦地将张爱玲在爱情婚姻以及穿衣、写作方面的委屈迁就加以说明,无非是为了提出这样的问题:就连张爱玲这样的人也不得不对现实委屈迁就,作为张爱玲的后世之人,我们最需要做的恐怕应是找出张爱玲身世和爱情婚姻悲剧的真正原因,那些"真"和"善"不能重合的地方,那些让"真"受委屈和伤害的东西,那些束缚和压制人的个性的种种因素——为了别人,也为了自己。

张爱玲有一首诗,不知为什么,读了它,我心里总是堵堵的：

    曲折的流年，

    深深的庭院，

    空房里晒着太阳，

    已经成为古代的太阳了。

    我要一直跑进去，

    大喊："我在这儿！

    我在这儿呀！"

可是，没人应她。

知识分子的表情

对知识分子,但丁给了他们一个好的归宿,他让13世纪最伟大的三位知识界人物圣托马斯、圣波纳梵杜拉、西格尔·德·布拉邦都进了天堂,并在天堂实现了和解——想象一下那些在天堂里相聚的知识分子,而且是消弭了分歧,谈笑晏晏,他们的神情一定是非常幸福美好的。这是想象和愿望中知识分子最好的命运和归宿了。

现实生活中的知识分子，那可真是一言难尽。

关于什么是知识分子，至今都仍是众说纷纭。一个博士一定比本科生更知识分子？一位作家肯定比一位非作家更知识分子？人文社会学者肯定比理工科专家学者更知识分子？这些都无法做量的，或其他指标的明确区分。西方一些学者对知识分子的界定非常严格。马克斯·韦伯提出知识分子仅限于那些因为其重要成就而被誉为"文化瑰宝"的人，他们必须是精神领袖；路易斯·科塞认为知识分子须是"为了思想而不是靠了思想而生活的人"；法兰克福学派的学者也大都主张，知识分子"应该是每一时代的批判性良知"。如果按照这些标准，我不知道中国当代还有谁能被称为知识分子，主客观条件的制约使这样的知识分子很难产生。中国科技界有国家奖，如果人文科学颁国家奖，或者颁知识分子国家奖，不知什么人能名副其实，而且，一定会为谁当选吵破头。

大致说，知识分子是掌握了较为系统的知识，对社会现实保持较清醒的认知，"在理性背后有对正义的激情，在科学背后有对真理的渴求，在批判背后有对更美好的事物的憧憬"（雅克·勒戈夫《中世纪的知识分子》）的那些人。"理性""科学""批判"是偏客观方面的要求，"激情""渴求""憧憬"是偏主观方面的界定。相对于群体划分，知识分子的这些精神特点更为重要和明确。

坚持真理、追寻真理被看作是知识分子精神的第一要义，知识分子传统、知识分子的知识结构和精神理想也有着这样的内在要求。

要分析一个时代的知识分子状况，他们内在的东西也很难直接、直观地去把握。文风和表情，是思想和心理的外化，一是文的外在，一是人的外在，也许倒能看出一点名堂。一个知识分子能坚持真理并且在坚持了真理的时空内，文风应该是最为简洁明快的，因为少禁区、没顾忌、心地澄明；否则，思想经过作者不自由的心灵和媒体技术处理的双重过滤后，必然遮遮掩掩，扭曲而暧昧。或者因为种种顾虑，避重就轻后变得琐碎无聊；或者为了示好以及其他利益需要曲己献媚。这类文章写多了，表态多了，必然影响知识分子主体的性情，人也会变得委琐。这是必然的，知识分子不是天使，但也不是魔鬼。注意看看知识分子的表情就知道了，不能指望能看到多少轻松、快乐、积极向上的表情。"对正义的激情""对真理的渴求""对美好事物的憧憬"也必然外化为美好的表情——这就更是奢侈了，甚至忧郁、感伤这样的表情都不是。在这样一个所谓知识爆炸的时代，为了做到"理性"和"科学"，必须要掌握大量的知识，还要应付世俗生活的压力。中国当代已没了所谓的"世家"，几乎每个知识分子都必须直面现实生活的压力。我们不能要求中国知识分子总是做知识、文化、思想的传播志愿者，并义无反顾地出现在见义勇为、主持正义公道的现场。现实生活已足够让一个中国知识分子因辛劳而憔悴。如果再加上心灵扭曲，两眼游移不定,浑浊模糊,肯定就好看不到哪儿去了。疲惫、委琐,见到一点利益不由自主地两眼贼亮,就很难看了。

有人说要宽容,真正的宽容倒是可以让人变得平和。但在中国的文化环境中,宽容也容易导致相对主义和真理多元论,真理被模糊处理后必然混淆视听。宽容不是对暴力和残酷的宽容,不是对社会不公的视而不见,也不是对不容异说的宽容。否则,宽容必然让人表情麻木。麻木的表情也让人寒心。

对待自己的错误和失职,其态度也必然外化到表情上。有些人善于对错误进行模糊化处理,甚至将错误作为秘密保守,做选择性遗忘,都是知识分子的硬伤,卡尔·波普尔称之为"最大的理智的罪恶"(卡尔·波普尔《通过知识获得解放》)。中国人喜欢说"心底无私天地宽",掩盖错误、为了世俗利益而尽可能压抑知识分子良知,明哲保身、对是非曲直打马虎眼,是知识分子心底最大的

"私"。天地都狭小了，哪还有生命的滋润与坦然。

雅克·勒戈夫也曾分析知识分子的心理负面，说知识分子的心理可能会僵化成精神倒错，性格执拗，有陷入冥思苦索的危险。倒不必过于担心如今的中国知识群体出现诸如此类的问题，相当比例的知识群体有着"高明"的生存策略和心理调适技巧。挑动听的说，至少也是"无伤大雅"的；以批评之名行拍马屁之实；能预知麻烦并成功绕行，实在绕不过就装疯卖傻……这样一些所谓的知识分子总让我想起泥鳅。乡村的水塘、水沟，或是因为干旱，或是因为有人竭泽而渔，水越来越浑浊、越来越浅少，各种鱼（泥鳅除外）因为缺氧而探头出水，结果不是轻易被人抓了去吃了，就是最终渴死。但是，一直到水完全干了，在沟塘底的黑糊泥里仍有泥鳅在里面隐隐蠕钻，生命力极强，滑头滑脑，抓不住扣不牢，拿它毫无办法。但是，它们活在烂泥中。

寻求真理确实也比较麻烦，殊为不易。

寻求真理的唯一途径在于所有理论、思想与所有其他理论、思想的竞争。这唯一的途径需要两个必备的条件：一是自由的心灵，二是独立的媒体。没有自由的心灵产生不了真正的理论与思想，没有独立的媒体实现不了真正的碰撞与竞争。心灵自由谈何容易，思想精神中那些反自由的因子遗传能力极强，而且极易交叉感染；加之公共空间的限制，现实生活机制客观的反向导引，可能要相当长的时间才能汰洗干净。

黄平曾经把知识分子分为三种类型：体制内知识分子、体制外知识分子、反体制知识分子，并且认为，在一个政治、行政组织的相当严密的社会中，市民社会、中产阶级相对薄弱，能够"自由飘移"的知识分子很少，因此体制外知识分子难以社会正式成员身份存在并起作用，"反体制知识分子"就更难以生存。（黄平《知识分子：在漂泊中寻求归宿》）是的，在每个人还基本都属于某一单位的社会中，体制外的和反体制的知识分子确实很难生存。难道他们基本上都属于体制内知识分子？倒也未必。他们是人身与体制挂钩，思想精神是否对现存体制起着整合作用就难说了。由于思想内在的特殊性，它的力量是无法一致地往一个方向用力的。国家要统一，思想精神却无法统一，嘴上说的、文章写的也无法规范自己心里想的。而且，知识分子疏离世俗权威的传统和惯性仍在，前辈知识分子的规训犹响在耳，所谓体制内的知识分子实际上大多处于一种身心矛盾的模糊状态。

中国古代有"游士"，从封建关系中脱离出来，思想上解放了，能够自由地探求理想之"道"，并且说要仗义执言、替天行道；孟子也说"处事横议"（社会批判）；范仲淹说："宁鸣而死，不默而生。"他们倒还是都有生路。

为纪念《钟山》创刊三十周年，我曾邀请十多位青年人文学者（都是全国名校的教授）行走江南,讨论江南的当下境遇,以及作家与知识分子问题。白天走走看看,晚饭后集中研讨。我深深被严肃坦诚的讨论氛围感染。每天的讨论都要延续到下半夜,气氛热烈。我判断:他们说的都是自己内心想说的话。对作家的知识分子精神退化问题的警醒,对学术体制的抨击,对知识分子自身问题的深入剖析,振聋发聩。

那天晚上到了德清,就住在莫干山山顶的民国别墅里。乌云密布,天公虽不作美,但并不影响我们讨论。仍然是知识分子话题,批判一些知识分子为了俗世利益而奔走,说到激动处,其中一位拿起桌上的一个茶杯盖扔到地板上,说:"这好比一块肉骨头,我们就是一群狗!"我清楚地记得,这句话说完,天空突然响了一个炸雷。

我作为发起者和召集人,只是提出问题,并未参加讨论。听他们发言、争论,我的思绪有时游离开去:知识分子都为了些啥,他们的人生幸福建立在什么基础之上呢,他们的工作如何才能赢得人们的尊敬呢？

铁肩担道义，为了社会正义，为了沉默的大多数，这是通常的说法。有了鲁迅"人血馒头"的故事，要赢得大众的理解、尊敬，知识分子们也就没法乐观。有一年夏天，我和我太太去北京故宫，从东华门进。因为口渴，我太太到街边一家很小的冷饮店买水。因为店里的空间比较小，我就站在外面等她。看着巍巍的东华门城楼，大概是想到皇权的重压，表情有些凝重。她半天没出来，我透过冷饮店的落地玻璃，看到她在和店主聊天，那位男性店主一边和我太太说话，还不时用警觉的眼神看看我。她终于从店里走出来，我问她："你们聊什么呢？"她答："他问我，你是我什么人，并提醒我要小心，说你一看就像个知识分子！"普通人对知识分子的认识和警觉于此可见一斑。

大多数人内心都有追求至善、追求幸福的愿望。"至善就是理性生物的完全自相一致。至于说到取决于自身之外的事物的理性生物，它倒可以被看作是双重性的：一是意志同永远有效的意志的观念相一致，或者叫做伦理的善，一是我们之外的事物同我们的意志（当然指我们的理性意志）相一致，或者叫做幸福。"知识分子作为特殊的群体，他们的"至善"只能是真理，寻求真理、坚持真理，实现双重性的一致，由至善而达到幸福。真正的知识分子一定是在追求着自己的幸福。费希特的话说得有点玄，他另外有个比喻，说学者（知识分子）应该是"大丈夫"，倒是符合中国人的心理——中国人谁不想做大丈夫，女人也说要做"伟丈夫"。费希特说："这些大丈夫选中的意中人就是真理；他们至死忠于真理；即使全世界都抛弃她，他们也一定采纳她；如果有人要诽谤她，污蔑她，他们也定会公开保护她；为了她，他们将愉快地忍受大人物狡猾地隐藏起来的仇恨、愚蠢人发出的无谓微笑和短见人耸肩表示怜悯的举动。"（费希特《论学者的使命 人的使命》）为了自己的心上人，大丈夫能如此，应该是满脸幸福的光芒吧。只不过，中国的"大丈夫"们为了他们的"意中人"要"忍受"和克服的东西，可能要比这多得多。即使如此也无可否认：中国有一批知识分子仍在做着自己该做的事情，虽然有时只能是默默的。

至于能否进天堂，知识分子倒不必事先考虑，中国人对天堂也没什么感觉；"爱面子"我倒觉得没什么错，总比"不要脸"好吧——就是为了自己的表情、气质、形象不那么难看，知识分子也还是得表里一致，坚持真理、寻求真理。

乡村的表情

乡村,我童年时的那个乡村,在我的印象里,虽然没有准确的"年龄"和"性别",但因它的日常表情是愁苦的,所以一定是我的"长辈"。长大后,我知道,那是"乡村中国",是我的爷爷奶奶、父亲母亲。那时的乡村和我的长辈们的表情是一致的。要看一个国家的实力与精神风貌,得看它的乡村。无论是农业国还是工业国，如果乡村破败，这国家一定有着深层次的问题。乡村折射了一个国家的实力与政治、精神与气度，是一个国家的症候。

中国农村确实在发生变化，有人用"新"和"美"来界定，新农村、美丽乡村。"新"在何处，何为乡村的"美丽"？我想，"新农村"和"美丽乡村"，其"新"和"美"应该是内在的，因为，内在的"新"和"美"，才能外化为动人的表情。

新农村之"新"，首先应是农民劳动的姿态之新。

中国传统农民最典型的姿势是"面朝黄土背朝天"。这姿态可供审美之用，但其实一点都不"美"，太苦了！没人愿意做农民，面朝黄土背朝天的农民。农民让人瞧不起，生理上和精神上都"抬不起头来"。背对着的青天，面对着的黄土，这是农民的"天"和"地"；在天和地之间，农民佝偻着腰,他们很少有时间仰望天空甚至星空——即使是在星空之下,劳累了一天的乡下人哪还有看星星的兴致,天空有啥好看的?只有两种情况下,乡下人会仰望天空:旱时仰望天上是否有雨云聚集,涝时盼看乌云有无散去。康德说:"有两样东西,人们越是经常持久地对之凝神思索,它们就越是使内心充满常新而日增的惊奇和敬畏——我头上的星空和我心中的道德律。"西方哲学家的话似乎和中国农民没什么关系。

如今的农民,比如一些发达地区的农民,可以开着轿车、摩托车去农业产业园上班,借助于机械去"耕种"——做农民原来竟也可以很体面,这是以劳动姿势的改变为基础的:做农民完全可以不"面朝黄土背朝天"。

农民大多数时间是被动地面对着大地。农民与土地的亲密关系,如今可以是多角度的,也可以有新的内容。但永远也不应该彻底丢了"有机"两个字,特别是"土地"。土地为农民、为人类持续奉献,地里长出来的东西是人类食物的主要来源,还有所谓经济作物,比如棉花,也是农民的重要经济来源。农业一旦成为"经济",成本就成为一个重要问题,种子、农药、化肥、人工……随着成本的增加,土地产生的效益减少,甚至可能是负数,农民对土地牢不可破的感情也可能发生变化——就不再那么爱自己的土地了。土地没人爱了,不仅会荒芜,而且会被糟蹋——土地污染已经是由隐而显的大问题。贫瘠而被污染的土地不仅出产减少,长出来的东西也必然是"有毒物质"。土地养育了我们,土地也需要我们"养育"。瘦田损种,不仅生产的粮食、果蔬不再是原来的味道,而且物种会因为土壤污染而变异,"原味"可能永远失去。

童年在乡下时,种地用的还是农家肥、有机肥,需要沤肥、埋青,甚至捡粪。即使是富农,也保持着与土地的亲密关系。在我家那个村,我家的"贾"姓是具有代表性的贫农家族,富农家族以"黄"姓为代表。所谓富农,也都是体力劳动者,面朝黄土背朝天，每天伺弄土地。只是有些富农子弟进过私塾，成为乡村知识分子。跟我爷爷同辈的一位黄姓爷爷当年留下两句诗，彼时彼地，可能在一定的人群中流传，我父亲至今仍清晰记得。前些时候应我的要求，父亲把这两句诗写给了我：

寒风刺骨知禾贵

霜晓寻肥觉粪香

文学是生活的折射，这位黄爷爷冬日农闲还是会去捡拾牲畜的粪便，因为那是有机肥，为了养育土地，为了对土地的爱。禾的青贵，粪的芬芳，这两句诗所表达的感受，是彼时农民的日常情感，只不过一般农民不能用这样的文字表达罢了。

黄姓富农与贾姓贫农当年应该是没有多大的阶级差别和贫富差距。最近两年，乡村诗人黄爷爷的儿子与我父亲联系频繁，或者邀我父亲回乡话旧，或者要来看望父亲。都是八十几岁的人了，大概是怀旧吧。父亲说，是"念旧"，因为当年斗地主、批富农，贾家不但没有昧着良心批斗黄家，而且暗中回护过他们。父亲说，这大该就是中国传统所讲的"情义"吧。情义"历久弥香"。我父亲，也算是乡村知识分子吧。父亲没读过私塾，后来有机会读到初小，他的同学中后来也有成了大学校长的，据说专门研究中国农民问题。

土地和"情义"，是传统乡村的两大"伦理"。也是中国农民的道德律，只不过不是通过仰望天空得来的。

"天空"，在中国农民这里有着别一样的含义，相当于农民所说的"老天爷"。对这位老天爷，更多的是"畏"而不是"敬"，乡下人看够了它的脸色。旧农村之苦，最苦苦在这个"望天收"。辛苦不是最"苦"的，面朝黄土背朝天也罢，只要有个好收成，老婆孩子有口饭吃。但是，有好的土地，有农民的辛勤劳作，却不一定有好的收成，因为要看老天的脸色。反常的气候，雨水多了或者少了，冰雹、蝗灾……都可以让你减产甚至颗粒无收。辛苦白费了，那才是真正的苦。农民对"天"爱恨交加，主要是"恨"，恨得咬牙切齿而又无可奈何，于是小声地骂"狗日的天"。骂完了还要赶紧捂上嘴，怕"天"听见，知道得罪不起。

现代农业的灌溉技术、无土栽培技术、大棚技术，甚至人工降雨等等农业科技一定程度上改变了农民"望天收"的命运，农民可以更好地把命运掌握在自己手里。新农村之"新"，新在农民可以不再"望天收"。

新农村之"新"还新在：农民有了好的收成后基本可以做到有个好的收入。过去因为农村闭塞，信息不对称，市场调节遭遇瓶颈，"谷贱伤农"是套在世界所有农民头上的魔咒。如今的信息社会可以把每家农户和国内、国际市场连在一起，加上政府的调节，可望去掉"谷贱伤农"这个魔咒。

我是苏中乡村成长的典型的乡下人。童年乡村生活的感受以及后来种种乡村生活的印象正在被颠覆。如今走在如诗如画的苏南乡村，我就"情不自禁"地想起我童年的乡村——20世纪70年代苏中地区的那个大队、那个村。大自然的凄风苦雨，大人们的愁眉苦脸，以及为了口粮和钱的无尽的争吵……太多太多的苦涩记忆。刚长出的新苗被一场冰雹打了个稀巴烂，大人们忍不住在小孩子面前痛哭失声。不知稼穑的孩子，有的惶然看着满面泪水的父母，有的受了大人的感染，竟也不明就里地跟着哇哇地哭起来……缺衣少食，夏秋两季还有苍蝇、蚊子大军，时时、处处骚扰你，找你的麻烦。一场台风将我家茅草屋的屋顶全部掀去……我父亲至今见雨愁，愁那雨停不住；听风怕，怕那风的嗓门越来越大！

童年总是有无限的向往。因为物质贫乏，渴望物质方面的东西多一些也是正常的，比如一个馒头、一块肉、一个鸡蛋、一双鞋……但父母们不知道，我童年最为渴望的却是：爸爸妈妈舒展的笑容！但是，彼时的孩子们也不能明白：不能让自己的孩子吃饱、穿暖的父母，哪里还能笑得出来？父母难得的笑容也是带着苦涩的。父母是孩子最后的依靠，小时候虽然说不出这样的语句，但确实感受最深。长辈们希望晚辈快乐，小孩子们又何尝不希望长辈开心？

在父母的愁眉苦脸之下，怎么可能有幸福的童年？愁苦的父母，怎么可能有快乐的孩子？父母的憔悴是孩子最大的隐痛！

美丽乡村之"美"首先在它的物质外形：青山绿水、蓝天白云，以及整洁雅致的房舍。但乡村最美一定是美在它的表情，是乡村的主人——农民、乡下人的神情气质。乡下人的表情如果是安适、从容的，较少见到愁苦、焦虑等负面的表情，我才觉得它是真的美。

真的，中国乡村表情的改变，才是中国最根本的改变。

往日情感

两小有猜

男女配对是天经地义的事，没有人会觉得异样，即使是"少年夫妻"也是如此。人们常说：寻找自己的另一半，这种"寻找"事实上早早地就开始了。同事的女儿小莹刚上小学二年级，她有一次很认真地告诉我："我现在觉得我们班李大伟比钱振钟好，我决定以后还是嫁给李大伟。"其他人都觉得好笑，我从中感觉到的却是人生的郑重与庄严。

不仅是自己观察选择，更多地是给同伴同学配对。儿童时做游戏，其中重要的一项，就是给同伴同学配老婆配老公，男的绝不可能配给男的，女的绝对不可能配给女的，绝对的阴阳平衡。而且遵守游戏规则，谁的就是谁的，不会同时有两个，绝对的一夫一妻。"夫妻"之间也有夫妻意识，我是谁的谁是我的，分得很清楚。这样一来，就免不了吃醋的事，人家说"两小无猜"，实际上是"两小有猜"。而且知道害羞，见了自己的那一位，有时忽然就脸红了……这种夫妻关系当然也不稳固，一年级时是这一位，到了二年级时也可能换成了另一位，去了穿红的，又来了穿绿的。好在这种婚姻关系绝大多数都没有什么实在内容，只是觉得女的应该配一个男的,男的应该配一个女的。

我的"少年婚姻"算得上"天长地久",从小学二年级一直到我初中毕业。她是我上小学二年级时的同桌,印象里总是扎一根红头绳儿。虽然后来不同桌,后来又不同班,再后来连级都不同了(她因为成绩好跳了一级),但我们之间的"夫妻"关系一直保持着。我和红头绳儿有一次也差点儿掰了,是因为我充男子汉,带着一群女同学去一个隐秘的地方拔茅针,忘了带她。回来后,她当着好多人的面对我一跺脚,恶狠狠地对我说:"我不嫁给你了!"我心里当时想:这下完了。后来倒是没完,因为小伙伴们仍旧认为她是我的,她也就顺其自然,不再重申不嫁给我;虽然我们连手都没拉过,但我们心里一直都那么认为着。原来她在气头上,说的也只是气话。

后来我因家境贫寒辍学,她继续上高中大学,我们的"关系"也就自然了结,虽然"我不嫁给你了"之类的话她是一句也没说。没了小伙伴们的舆论支持，我们便什么也不是。我的那帮同学，不久就将红头绳儿"许配"了他人；我听说了此事，当时怅怅了好久。不过，我们配对的"少年夫妻"后来好像没有一对是成了的，我心中早就释然了。

红头绳儿后来嫁的是同事，如今她的女儿已经扎起红头绳儿，满地跑了。

男儿有泪

"男儿有泪不轻弹。"男人这么说，女人也这么说。男人这么说是一种自我鞭策，自我约束；女人这么说就是一种要求。如果是对已经哭出来的男人这么说，那就明显地带着责备甚至蔑视的意思。男人就等于坚强，不哭不泣，似乎成了男人的本质属性之一，男子汉，哪能哭哭啼啼？男人天生比女人少一种宣泄感情的方式，绝大多数男子汉们对此都有充足的思想准备。

读小学之前，由于没有太多的舆论压力，准男子汉们是免不了哭鼻子的，为了这样那样的原因。每当此时，妈妈总是慈爱地摸着我的头说："男子汉，哪有哭鼻子的，人家笑话呢。"在妈妈面前，其他任何事情我都可以撒泼耍赖，唯独这该死的"哭"，我十分顾忌。不管当时如何伤心，怎么委屈，多么想一哭为快，我都赶紧擦掉眼泪，皱起眉头，强作坚强状。在我的印象里，我从上小学到现在，在二十几年的男子汉生涯中，似乎就哭过一两次。

好像是在小学一年级的时候，一次我在课堂上站起来回答老师的提问，后桌一个调皮的女生趁机偷偷地将我的凳子挪到了一边。回答完问题，我一屁股坐空，头重重地撞在后面的桌角上，生生地疼，眼泪一下就出来了。我强忍住不让自己哭出来，心里重复着这句"男儿有泪不轻弹"。但当时实在是疼得厉害，加上心里特别委屈，我终于还是没能保住自己的男子汉形象，哭出声来。全班哄堂大笑。讲台上的女老师也忍不住笑出来，竟忘了训斥挪我凳子的女生。我那时有"小大人"之称，长着两道浓眉，平时总是故作男子汉状，当着那么多人特别是那么多女同学的面咧着大嘴哭起来，估计是不怎么雅观。哭的时候还能感觉到一点畅快，哭过之后就只有难为情了。还没有任何办法补救，后悔这玩意儿总是晚了一步。

女人的哭却惹人怜爱，惹男子汉怜爱，女人的哭据说因此成了一种重要的，实践证明也颇为有力又易于操作的武器。同桌的女孩小我一岁，有点娇气。我虽然事事让着她，她仍旧跟我为了一些小事娇滴滴地哭。我于是顿生怜惜之意，不管自己是对是错，总是向她百般认错，万般道歉，又逗又哄，直到她破涕为笑。但自从我那一哭之后，她有时反倒让着我了，大概是发现了男子汉的软弱吧。对此，我心里感到温暖的同时，又有点不自在，觉得自己男子汉的形象矮了一截。

前些时候回老家，几个小学同学聚在一起，忆起童年往事，那挪我凳子的女同学还将我取笑了一通。同桌的女孩只是微笑，从她的微笑中我甚至感觉到了慈祥。她已是一位四岁小男子汉的母亲，少了娇气，多了成熟与温厚。印象中，我那次哭的时候，她是没有笑的；当我摔倒在地，挣扎着想站起来时，她还拉了我一把。

失去

物质的贫乏和精神的孤寂，感受最深的可能是少年。20世纪60年代后期到70年代中期是中国历史上最荒唐最困苦的时期之一。那时的我，可以说备受父母的宠爱，但爱必然要受到重重条件的限制。妈妈给我的油饼经常是半个，当她偷偷地将半块饼递给我时，总是要关照一句："赶快吃了，别给你弟弟看见，他没有。"为的是让我听话，不闹。但是次数多了，我终于发现，另外半块油饼被以同样的方法给了弟弟，妈妈对他说那句话时只不过是将"弟弟"改成了"哥哥"。一人一个油饼就太奢侈了，就是半块也只是偶尔见到，没那么多的油饼给我们吃。

  除了吃一个完整的油饼外，我童年和少年时代最大的愿望是能养一条小狗。记得是我刚读小学不久，一天放学回家的路上，我和几个同学遇到了一只流浪的小狗。小狗通体雪白，两只耳朵软软地耷拉着，一双眼睛湿润晶亮，温情脉脉，大家都争着要做它的主人。但后来发现它的一条腿是瘸的，一个个便纷纷退却了。看着它可人的模样儿，我忽略了那条瘸腿，抱着它回了家，唤它作"小白"。父母坚决反对我收养小白，那时人都吃不饱，哪还有狗吃的。在我的苦苦哀求下，父母虽没有同意将它留下，可也没有立即将它送走，它就暂时在我家安顿下来。我那时仅有的玩具是一本红塑料面的语录本，父母起早贪黑地忙农活，唯一的弟弟后来又到外婆家养病去了，伴随我的是孤单和寂寞。小白的出现改变了我的生活。上学前，我与它依依惜别；放学回家，如果一眼看不到小白，我便怅然若失——通常它是老远就跑过来迎接我的。星期天、节假日我们更是形影不离,高兴时,它便围着我撒着欢儿,汪汪地轻吠——那声音总让我想起婴儿被人胳肢时发出的笑声。不久,小白的腿伤就完全好了,越发活泼可爱。

一天,我家河东知青点的两个知青从我家门前经过时,一眼看中了小白,并出十斤粮票的价要买下它。父母几次扬言要将小白送掉,现在竟然有人出高价买它——那时十斤粮票对于一条小狗来说已是高价——自然喜出望外,当即成交。等我弄明白这桩交易,他们已经一手交钱一手交"货",小白已被高个的知青抱入怀中,正睁着一双惊恐的眼睛求救似的望着我。我哭闹着坚决反对,伸手要夺小白。妈妈一边拽着我往屋里走,一边对我说要用那十斤粮票给我买好多好多的油饼。尝够了饥饿滋味的我,想到那黄澄澄香喷喷的油饼,竟一下子停止了哭闹,愣在那儿……猛地听到小白凄惨的叫声,我感觉心被狠狠地一揪,一下挣脱妈妈的手,撒腿朝知青走去的方向追去。追上他们后，我抱着高个知青的双腿号哭不已。知青无奈，只好将小白送回，索回那十斤粮票。抱着失而复得的小白，我的眼泪更是汩汩而出，全然不顾父母的责备和埋怨。

我与小白相依相守，更加难舍难分。

可是不久，小白却失踪了，再也没有回来。多少次，我在梦里惊喜地发现它自己又走回家来，带着满身的露水和泥污。妈妈劝我说："别难过了，是它自己跑了的，本来就是一条野狗。"我也就努力将它遗忘。但相当一段时间里，小白汪汪的轻吠还时常响在我记忆的深巷，深巷的薄雾里永远有它那双眼睛，温情而哀婉。

多少年后，我已长大成人，妈妈偶然与我谈起这段少年往事，才带着深深的歉疚，将实情告诉了我：那时小白吃得越来越多，我的饭量也与日俱增，本来口粮就紧张，实在是无力再养狗。而且，邻居怀疑小白偷吃他家的猪食，强烈要求将小白送掉。妈妈无奈，只好趁我睡着的时候，托一个走亲戚的同村人将小白带走,扔在了很远的荒无人烟的地方。为防止它认识回家的路,带它走之前,特地用一块黑布蒙上了它的眼睛,装入了一只麻袋……

听了妈妈的回忆,我怔怔的,良久无言。

布鞋

如今住在城里，每天回到家中，我所做的第一件事竟是换鞋，换上布鞋，换上妈妈亲手做的布鞋。白的千层底，黑的鞋面鞋帮，白是纯白，黑是全黑，不事雕琢，不加修饰；软和，抱脚，透气，脚又成了我的脚，我又成了我。场面上，我们都穿着皮鞋，走起路来咯噔咯噔的，气派，光彩。但是否舒服，我们每个人心里都明白。现在有不少人开始放下架子，穿布鞋了，布鞋店的生意开始红火起来。但鞋店里卖的布鞋是机器生产出来的，看着那千"鞋"一律的呆头呆脑的模样，我总觉得不是那么回事。我妈做的布鞋，只只有个性，双双有灵气，穿着妈妈亲手做的布鞋，我才觉得身心安妥。

妈妈做布鞋的工序流程我是极熟悉的。先是收集零碎的布块，实际上是将不能再穿的衣服剪成块块，将它们洗净晾干；然后将它们一层一层地糊起来，放在太阳底下晒干，做成浆布；再依照鞋底、鞋帮的纸样将大块的浆布剪开。接下来就是做鞋底、鞋面。将剪好的做鞋底的浆布叠到一寸左右，用崭新的白棉布上下盖面，嵌边，再把整个的鞋底用密密的针线缝订。鞋面上罩黑棉布，白棉布走边。最后是上帮，一双布鞋便做成了。工具也极简单：针、线、针箍儿、针夹子。针箍儿像戒指一样戴在手指上，上面布满小圆坑，因为鞋底比较厚，几乎每一针都要借助它抵住针屁股将针顶进去，然后再用针夹夹着针的另一端，连着线拔出。针针如此，千针万针如此。针有时会涩在鞋底的布叶中，妈妈间歇地会将针在头皮上擦一下，大概是因为头上有油脂，能使针更加润滑。

说起来容易做起来难，这话也适用于布鞋。跟做劳斯莱斯汽车一样，做鞋也需要模型。脚有长短、肥瘦、厚薄，有各样的形状，每个人的左右脚又都不完全一样，因此需要各种鞋样。我妈有一本《毛选》，里面夹满纸鞋样，《毛选》已经磨得不成样子了，鞋样依旧平整鲜亮。这些鞋样有的是复制别人的鞋样后加以改进，有的却是我妈的"创作"。当然，这里面为我创作的最多。从我一生下来一直到我的大脚成形的鞋样都还保存着，有单鞋的，也有棉鞋的，单鞋有方口的也有圆口的，棉鞋有系带的也有不系带的。从妈妈的鞋样，我可以清晰地看到我成长的"足迹"。雨天或农闲时，村里的妇女经常来向我妈取样，请教，切磋。过去，对于农村妇女来说，针线活做得如何，关系重大，而做鞋是重中之重。鞋底的针脚既要密，又要均匀。上鞋帮更有考究，既要平整又要抱脚，鞋跟既不能太陡又不能太缓，太陡了不好穿，太缓了不跟脚。我妈妈、奶奶、姑姑都是远近闻名的做鞋高手。跟我妈切磋得最多的当然是我奶奶。作为婆婆，对儿媳的手艺自然要评点指教一番，但奶奶对妈妈手艺的嘉许以及其他种种复杂微妙的心理，我是早就从奶奶的表情中看透了的，据说，奶奶当初选我妈做儿媳时，先看的是我妈做的鞋，然后才是人。如今，九十多岁的奶奶已经没有做布鞋的精力，但摩挲着妈妈给我做的布鞋，她还是免不了要指点两句。在我的印象里，不管奶奶说得对不对，妈妈总是抿嘴微笑的。

下雨天，门外挂着雨帘，或是夜晚，外面偶尔传来几声狗吠，昏黄的油灯下，妈妈一手拿着雪白的鞋底，一手捏着针，针引着线，线牵着鞋底。妈妈微微侧过头，油黑乌亮的发辫垂挂一边，然后将针呈约十五度左右的角在头皮上擦一下，又擦一下：这是我童年和少年时代最熟悉的风景。从前每次过年,妈妈都要为我做一双新的布鞋,黑白分明的布鞋成了过年的标志之一;不只是我有,爸爸和弟弟都会有一双,都是妈妈亲手做的。

但在相当一段时间内,像许多从小只能穿布鞋的农村小孩一样,我对布鞋是很不以为然的,我羡慕的是穿皮鞋、球鞋甚至胶鞋的小孩。但是妈妈没钱给我们买鞋,她只能给我们做,千千针,万万线。后来我出外工作,妈妈每年仍然要为我做一双布鞋,虽然布鞋店里有的是布鞋卖。我的脚现在是四十四码,要将这样大的鞋做好,实在不是件容易的事。老家昏黄的油灯下,瘦小的妈妈拿着给我做的布鞋——用她的话说,简直像抱着一条小船——她必定还是像过去一样习惯性地微微侧过头,将针在头上擦一下,又擦一下,只是,妈妈的头发已经不再丰盛乌黑。

妈妈六十多岁的人了,眼神精力都渐渐不济。今年,我几次给家里写信,让妈妈多为我做几双布鞋,单鞋、棉鞋都要。妈妈觉得还能再为儿子做点事情,自然很高兴。在这一点上,她是不明白我这做儿子的心思的:我是想趁她还能做鞋的时候,为我多做几双存着,留着以后慢慢穿。我这自私的儿呀!

诗的处罚

中国为文明古国,诗词歌赋浩如烟海,中国人免不了受诗词,特别是古典诗词的浸染。诗词好比是卤汁,我们都要被它腌渍,因此中国人多多少少都要带点儿唐诗宋词的味道。古代的小说、戏曲也都是诗词腌制而成,《三国演义》《水浒传》里的草莽英雄都是出口成诗;连现代京剧《智取威虎山》

中的黑话"天王盖地虎，宝塔镇河妖"也是古风古韵，一片宫商。

即使是贫寒的农户，家中也免不了有人会背一两句、一两首唐诗宋词。印象中，我家一开始的藏书总共只有两本，一本是红塑料面的《毛选》，一本是《唐诗三百首》，两本书里边夹满了妈妈的那些宝贝鞋样。这好像才是这两本书的实际功用。做布鞋是农村媳妇的基本功。要做鞋就得有鞋样，鞋样都是纸张剪裁、修理而成，因为涉及不同的人、不同的年龄阶段，鞋样因此有长有短、有肥有瘦，鞋底样与鞋帮样还要配套，为防止混乱、散失，把他们理顺分别夹在书页，不失为好的方法。

妈妈没有上过学，虽然从小聪明懂事，渴望上学，但因为是女孩，上学的机会要留给弟弟，也就是我的舅舅，因为他是男孩，虽然他调皮捣蛋，视上学为苦差，从不肯认真读书。由于不用心，我舅舅被外公逼着把一首诗背过来背过去，抄了一遍又一遍，但离了书本还是背不出来，默写就更谈不上了。可站在旁边默默看着的妈妈却能看会背了。时间长了，妈妈识的字竟然比她上学的弟弟还多，虽然写起来比较困难，读诗背诗是不成问题了。这种读诗背诗的本领后来在我的启蒙教育上派上了用场。也许，妈妈当初站在舅舅旁边偷偷识字背诗时，就存了这样的心眼，为了将来教育她的子女。

但妈妈只在处罚我的时候才让我背诗。我不听话或者做错了什么事，妈妈常常就是让我新背一首诗，以示警诫。她之所以把这作为一种处罚，大概是因为她从小就看惯了她弟弟带着一脸痛苦的表情背诗背课文，由此推断男孩子都是怕背书的，不然她怎么不让我去捉鸣蝉、掏鸟窝作为处罚呢？

我爸爸只初小毕业，不但能说出五大洲七大洋的名字，还会背两首诗："床前明月光，疑是地上霜。举头望明月，低头思故乡。""春眠不觉晓，处处闻啼鸟。夜来风雨声，花落知多少。"小时候看着父亲摇头晃脑、如痴如醉的样子，觉得他特伟大。后来妈妈把爸爸背的这两首诗在我面前变成

《唐诗三百首》的白纸黑字，我以此武断地认为父亲之所以能背诗，也是妈妈教和罚的结果。不过，此事我从未证实过。我就跟着母亲有口无心地背诗，一次又一次地被罚，逐渐也有了父亲背诗时的意态。只是，我会背的诗要比爸爸多多了，因为在我童年的印象里，爸爸在妈妈面前要远比我听话、乖巧，自然要少受处罚少背诗了。

张爱玲在《天才梦》里说她三岁时摇摇摆摆地立在一个清朝遗老的藤椅前朗吟"商女不知亡国恨，隔江犹唱后庭花"，眼看着那遗老的泪珠滚下来。不知我小时候没心没肺地在大人面前背诵的那些诗，赚了多少人的悲壮、惆怅、哀愁、恬淡，或者欢欣。

今年爸爸妈妈来城里过春节，我问妈妈那本《唐诗三百首》是否还在，她只说："在哩。"其他无话。在妈妈那里，诗也只是诗。我又说："千万别丢了。"她只答："怎么会呢？"我知道是自己太啰唆了。

书斋，总是有的

中国知识分子何时有过自己安静的书斋？有的是没有经济条件，但更多的时候是书斋的安宁被打破：书斋的主人被赶出书斋，书被查封甚至焚毁。因此，书斋成了中国知识分子发牢骚出怨气最多的载体之一。从这种意义上说，我辈算是幸运的，因为如今似乎没有摧毁书斋的很强的外力；况且我辈一直根本无严格意义上的书斋可言，更是乐得清爽。想到"书斋"二字，我总觉得有点酸腐气，不会用它来抒情述怀。但自己又喜欢读点书，因此，我的书斋变得无处不在。

古代的大户人家的小孩从小是必须安排读书的，因为关乎功名利禄，关乎家族兴衰，从大宅中划出一间作为书房自然不在话下。我读小学时已有八岁，在那以前我没读过书，因为没人让我读书，也没书可读，书斋自然是谈不上了。上小学时老师偶然布置点家庭作业，只能在家中厨房油污的破饭桌一角完成，有饭香有菜香，那时所学的许多字至今仍带着那时的饭香菜香，记得特别牢。这自然也是我平生所拥有的第一个书斋的味道，味道好极了。这味道好极了的书斋一直使用到我初中毕业。

因家境贫寒，初中毕业后我就辍学了，一个骄傲的三好学生成了一个未成年的农民。但从此不再看书学习似乎心存不甘，因此到地里干活时常口袋里装本书，待休息时掏出来看看，我的书斋移到了田埂地头。但我主要的学习时间是在晚上，我必须经营自己的书斋。于是在家里谷仓的一角，我辟出一块，摞起两面半高的砖墙，然后在上面搁一块木板，一张书桌便大功告成——天地如此之大，哪里摆不下一张书桌？但只有空间不行，书斋还得有书，但在那偏僻的农村，要借一本像样的书都是很困难的。我只好去做临时工，干苦力，每天挣一块多钱；待攒下一些钱后，就去新华书店买几本自己最想要的书，因为钱有限，每次总是算了又算，挑了又挑。新华书店离家七十多里，骑自行车来回要六个小时。书买回来后就是一个个深更半夜的苦读，在我的书斋里。一灯如豆，灯光晕黄温暖，与此相比，种种辛苦也不算什么了。

夏热冬冷的特点在我的这一角书斋里体现得最为充分。书斋从古到今都是最讲究的地方之一，温度问题总有解决的办法，古老的和现代的，有设备，还有书童丫鬟。我辈也有我辈的办法。夏天将双腿浸在水中，既可以降温又可以防止蚊虫的侵扰，这方法是很多人用过的。冬天最冷的是下半夜，我的两条腿在两摞砖头中间真是冷得彻肌彻骨。我家的猫非常肥硕，它也怕冷。每当深夜，它就跳到我的腿上，匍匐下来。这样，我的腿就暖和多了；当然，它也暖和多了。谷仓里有老鼠，它不饿；我的书斋里有书，也不饿。如此这般，我静静地看我的书，它轻轻地打它的呼噜，它和它的呼噜成了我关于书斋的最温暖的回忆。那谷仓的一角，两摞砖头一块木板，一只猫一片呼噜的书斋是我到目前为止最专用的书斋，我所读过的书也大都是在那儿读下的。

  以后离家工作、求学，书斋更是变得飘忽不定：教室、集体宿舍、下班以后的办公室，甚至同学同事的牌桌旁都曾容纳我读书。如今单位终于分给我一小房，因为面积有限，我只能截出阳台，预备作为放书、读书、写书之用。在这里，不知会有什么新的味道新的声音。不过，书总是要读的，因之，书斋也总是有的。

户口的喜剧

户口本应只是一个户籍的记载和证明,但在中国人特别是乡下人的心目中,这两个字远远比这沉重得多。

户口的沉重,感觉比较深的当然是农村户口的人。因为户口的关系,他们的人生的诸多问题,如工作、爱情等都要受到极大的限制;与城镇户口的人相比，那简直是一个在地上，一个在天上。农村户口的人最多只能在集体单位任职，严格意义上讲也还是农民。从爱情和婚姻来说，一个农村户口的小伙子要娶一个城镇户口的姑娘，在相当一段时期内那简直比登天还难；一个农村户口的女孩即使再优秀，也很难嫁给城镇户口的男人。这两种情况非"癞蛤蟆想吃天鹅肉"所能比拟。所谓门当户对，最基本的一条就是相同的户口性质。但在所谓"上山下乡"运动后，这条门当户对的原则稍稍被打乱了，因为城里的青年男女到了农村，要在乡下安家落户，下田干活，不但没了城里人的优势，还要"接受贫下中农再教育"。这样，有的城里的小伙子娶了村姑，城里的小姐嫁给了村里的小伙，并且生子产女，男婚女嫁暂时战胜了人为的户口性质的规定。但到了知青回城，户口性质的界限重新凸显，城乡结合的婚姻经历了严重的挑战，上演了无数的人间悲剧、喜剧和正剧。只有在这种情况下，两种不同户口性质的人才一起体验了户口的沉重。

要改变自己的农村户口性质，路只有一条：考上中专、大学。为了改变自己的户口性质，我的一位女同学参加了七次高考，最后仍是名落孙山，原本活泼可爱的女孩子变得行为乖僻，目光呆滞，心理上的煎熬和创伤旁人是无法体会的。我是农民的儿子——我考证我的祖先，只能到我的爷爷，他老人家不但是农民，而且是贫下中农，是贫协会的会长。初中毕业后，因为家境贫寒，我不想再成为家里的负担，也拒绝了好心人的接济，决定不再上学。我的班主任听说后，吃惊不小，下午放学后来到我家，动之以情晓之以理，从第一天黄昏劝到第二天清晨，希望我能继续读书，将来好考大学。但我竟不为所动，他很是失望和伤感，因为他将看到他的得意门生由一个"小农"逐渐茁壮成长为一个"老农"。

我在家乡当了一年多的"小农"后，曾先后在学校、机关和企业工作，地点也从小镇挪到了大城市，但我的户口性质仍是"农业"。一些升迁的机会是绝不会落到我头上的，因为我是农村户口。在这期间，我通过自学拿到了大学专科、本科文凭，按照政策可以"农转非"，但我似乎是跟户口拧着干，拒绝办理农民梦寐以求的"农转非"。到了1994年考上研究生，我才从家乡把户口转出来，不由自主地从"农业"变成了"非农业"。入校时，同学们排着队办户口转移手续，我才发现，别人手里拿着的是一张厚厚实实的方方正正的"非农业人口"户口转移证，而我手里拿着的"农业人口"户口转移证只是一张小纸条儿，又脆又薄，体积可能连他们的十分之一都不到，户口的歧视，由此可见一斑。后来交办理户口的手续费，别人五块，我却要交十块。我问为什么，户籍管理人员回答说："因为你是农村户口。"早些年就听说有人在推销非农业户口，一开始价格还颇不菲。这样说来，我的非农业户口是五块钱买来的，按照市场规律，我算大赚了一笔。到了这儿，这户口才有了点儿喜剧色彩。

人非物非

"物是人非"往往最让人心痛伤怀,历代写物是人非的诗词文赋不计其数,如杨升庵著名的《临江仙》:"滚滚长江东逝水,浪花淘尽英雄。是非成败转头空。青山依旧在,几度夕阳红。"看看如今的世界,其实不只是"人非","物"亦"非"。青山依旧?江河依旧?"天淡云闲今古同"?青山光秃，江河污染，天不淡云难闲。人类可悲的不是物是人非，而是人非物亦非，因为物是人非虽惹人伤怀，却是符合自然规律的，况且"江山代有人才出"。但如果"江山"都没了颜色，人非物非，那才是彻底的悲凉和绝望。

要体验物是人非的情怀，故乡应是最好的去处，即使对于我这个不是"少小离家"也不是"老大回"的人来说也是如此。童年时一起玩陀螺、捉蜻蜓、过家家的小伙伴们如今大多已经为人父为人母，有几个刚三十多岁，竟然已不在人世，过去的那些叔叔阿姨如今在世的都已是老态龙钟，想想真有隔世之感，可谓"人非"。"人非"还有另外一层意思，就是"人心不古"，这二十年来，国人对此体会应该是比较深的。

但"物是"我却无从体会，相反地，对于"物非"比对"人非"有着更深的体验：过去那清亮清亮的水塘呢？河堤上葱郁的大树呢？那隐隐的白帆呢？水塘填了，大树砍了，那白帆恐怕在博物馆里

永远的失去

"文革"结束时我读小学,正是记忆力特别好的时候,我至今仍对当时流行的一句话记忆犹新:将失去的损失夺回来。那时,这句话给我的感觉是光明的,充满了豪气的,好像只要努力,失去的一切真的都可以找回来或夺回来似的。每当听到这句话或在作文里写到这个句子时,热血总是在我细细的血管里奔涌，分明感觉有好多损失从我手上被夺了回来。我相信，当时有这种感觉的不止我一个。

如今看来，这句话实在是太轻飘了，想想世事人生的种种失去，心中常常感到分外地沉重。失去本身就是沉重的，失去的就永远失去了，找不回也夺不回。人们之所以觉得失去的东西特别可贵，之所以等到失去了才觉得宝贵，就是因为失去是永远的失去，即使找回，那也已经是出土的文物了。

我是20世纪60年代出生的，当时物质还相当贫乏，又生在比较贫寒的家庭，所以经常连粗粮也吃不上。我在学校只读到初中毕业，后来完全通过业余自学考上了研究生，一些人就觉得我智力不错，并因而咬定我小时候肯定吃过不少长智力的东西。我回忆回忆，童年的我好像就没有吃过什么好东西，除了桃、梨、西瓜和香瓜等瓜果之外。因此，我对瓜果心存特别的感激。如今身在都市，各种瓜果精致地摆在水果店里，我却再也吃不出过去的那种味道了。我就此问题请教一位学植物的朋友,他对我说:你是永远吃不到你过去吃到的味道了,大量施用化肥,水土流失,土质降低,物种退化,再也不可能长出过去那么好的瓜、那么好的果,我们是永远地失去了。听了这些话,我不禁悚然而惊。

童年的瓜园里清风徐徐,随着瓜叶的摇动,西瓜、香瓜忽闪着诱人的颜色。看瓜的徐老头长着浓黑的胡子,但却一点也不凶,我们几个四五岁的饿瘪了肚皮的孩子几乎每次去都能把肚皮吃得圆圆的,瓜汁顺着肚皮往下流,现在想起来真是奢侈。徐老头总是在一边,静静地笑,长大了以后我知道那叫慈祥。但人有时候就是犯贱,一次我们几个竟商量好了去偷瓜。徐老头马上发现了我们,他既不嚷也不追,只是担心地对我们喊:"看着脚下,当心别摔着了!"以后碰到我们他也从来不提这事。偷瓜的事以后倒是再也没发生过,我们照样到徐老头的瓜棚里去吃瓜。

今年夏天回老家,我想再吃吃家乡的瓜。但徐老头早就不干看瓜的营生,并已于去年无疾而终,瓜田也早就承包给外地的瓜农了。我还离瓜棚老远,两条狼狗就是一阵狂吠。好不容易买了瓜回家,我妈一称,一只七斤半的西瓜六斤都不到,两只香瓜七斤只有六斤,瓜还没吃我就感觉瓜的味道变了。待到瓜入口,我竟然吃出了化肥味,那清新的甜、清新的香是永远永远地失去了。

我们失去的何止是清新的甜、清新的香?我们又能到哪儿、用什么方法把它们找回?如果有阴界、如果有来世,我也只能找徐老头吃瓜去。

丢失在梦中的她

上帝造人，分男女性别，称得上是最伟大的构思和壮举，为此，上帝一定也暗自得意吧。不过，上帝也不能思考，上帝一思考，人类也要发笑，关于男女，关于"他"和"她"，谁也没真正弄明白。而且，谁也别指望置身事外。

有人说，人一生下来就开始寻找另一半。这种寻找真的早早就开始了，给同学同伴配老婆老公是儿童游戏的重要内容。

他自然也不能"幸免"，被搭配了一个。男的不会被配给男的，女的也不会被配给女的，小学时的他们对男女的认识也只是停留在这个水平，对异性的所谓柔情蜜意是丝毫也谈不上的。她有时哭哭啼啼的，他反而是厌烦的，瞧不起的，甚至是嫌弃的。

小学三四年级时，他似乎渐渐喜欢上了班上的一个女生，这次不是别人硬性搭配的。她长得非常讨喜，而且几乎每次考试的分数总要比他高那么一点。这种喜爱之意他有时不由自主地在妈妈面前流露出来，妈妈笑着说："你长大以后就娶她做老婆吧。"他有点不好意思，心里却是好的。后来，他忍不住给她写了一封信，在口袋里揣了几天，终于没有胆量交给她，最后还是懊恼地将它撕碎扔了，扔在上学路上一个水塘边的草丛里。这么多年来，他时常想，那信上究竟写了些什么？又可能写些什么？他想象不出。真的是无法想象，那么一点大的男孩会用什么样的语言去表达对另一个同样一点大的女孩的"倾慕之情"，甚至有可能谈到婚姻？他想，如果能将信还原，那一定是世界上最伟大最原始的情书了。

读初三时他已经十七岁，开始进入青春期，对自己身体上的变化，他实际上也像女孩子一样，惊喜与惊惧参半。同时，他开始对"她"有了被称为柔情的东西。但对"她"的关注，往往仅仅局限于脸及面部表情，或者仅仅是隐隐约约感觉"她"周围的氛围与气场。好像从来就没有有意地去看"她"的胸脯和腰身，是极纯洁的喜爱，虽然没有性的欲求，但无疑也是对异性的喜爱。即使是在梦中和"她"亲热，也是极纯洁的，连接吻都没有，想象不出是如何亲热的。

有一次，他长了倒眼睫毛，要到医院动小手术，让医生将倒眼睫毛拔掉。接待他的是一位女医生，年纪看起来比他大不了多少，穿着白大褂，带着大白口罩，只露出眼睛和额头，如今他就更无法记起她的形象。因为是拔眼睫毛，他必须睁着眼睛，她也必须看着他的眼睛，因此必须是四目相对，他想躲亦是没法躲的。在此之前，他与"她"的对视从来不会超过两秒钟，这次与她却是亘古地对视，成为他在现实生活中最强烈、持续时间最长的幸福体验。自始至终，她似乎都没说过一句话，只有那双眼睛。她的那双眼睛一直在他心里，但他竟没有动过再回去看一眼的念头，因为是没有占有欲望的。这么多年来，他时常回忆着，想念着。他确信，如果有可能再看到那双眼睛，他立即就能认出来，他甚至可能会因为突然强烈的幸福感觉而晕倒。他知道那不可能，那双眼睛肯定已经不复存在，那两双眼睛都已不复存在。因为时间的关系，它们都已经"丢"了，时间的隧道无法倒溯而行。他的那双眼睛，早就开始自觉地关注"她"的胸脯、腰身和大腿，没出息地扫掠这些这些物质的异性景象。他认为这是成长的堕落和颓废，人生不过如此：得到了，失去了，失去的往往比得到的更宝贵。

初中毕业，他失学了，也没有工作，处在人生最艰难的阶段，连梦也几乎都是不祥的。只有一个，是关于"她"的，温暖而柔情。"她"在前面走着，他在后面跟着，"她"一回头，冲他微微一笑，他感觉那是母亲的笑，那是姐姐的笑，那是情人的笑，那笑里面有"她"的一切，上帝也不会比那更阔大更神秘。他无须辨认她的形象，那微笑已经是一切。他知道，那笑是能拯救他的，是能拯救男性的。可那是梦，她，她的笑已永远丢失在梦中。梦提供的回忆也往往是短暂的，也许，美好的东西终究只是祝福和向往。

"他"与"她"的关系注定了是不澄明的，所以人世间才有那么多缠绵悱恻的曲子，男男女女咿咿呀呀唱着。三十多岁了，他仍旧孤身一人，情书早就懒得写了，偶有梦来，也常常近于污浊。他想，人生注定是狭隘的，男女之间的关系就更狭隘，他娶的女人注定了不是他的母亲，不是他的姐妹，甚至不是他的情人；他曾想着要像父亲、兄弟和情人一样去爱他未来的妻子，但这依然注定了是一个梦想。"他"和"她"终将丧失殆尽。

艺术法则

鲁迅认为青年可以不读中国传统书,可他自己比谁都读得多,客观上他也多多受惠于传统。他思想上反传统,生活却是很传统的。纪伯伦说:"我在我的门上写下——'把你的传统抛在门外,再请进!'结果没有一个人来访。"传统已是血液,不是你想丢就丢的。 T. S. 艾略特所说"创新不过是对传统的重组",此话放在人文艺术领域大致不错。古典发声雄,今时韵亦同,被重新发掘的传统总能迸发强大的活力。但"重组"是有前提的:要对传统有广泛而深刻的了解和体悟。传统久远而庞杂,要了解传统殊为不易。即使传统是敞开的,我们也会因为怯懦而懒惰。这还不是最糟的。最糟的是两种情况:一是认为创新就是革命,盲目地去革祖宗的命,把反传统当成是创新的途径;二是完全从自己的需要出发,对传统断章取义,强行把传统纳入自己的框架。比如孔子,他是中国最大的"传统",历代统治者尽可能去利用他,利用之前,当然必须先曲解他。国人也已经革过他的命。误解当然更多。作为儒家的代表人物,人们会想当然地觉得他是个古板的老先生。其实不然,老夫子说:"志于道,据于德,依于仁,游于艺。"还说:"兴于诗,立于礼,成于乐。""艺"(六艺)与"乐"比我们今天所说的"艺术"要宽泛,艺术是其重要内容。孔子明白艺术对塑造完整人格的重要性。重视艺术,当然是中国古老的传统。

而且,我还固执地认为,自己优秀的传统如果与别人的传统碰撞,也一定会迸发出耀眼的火花,让人欣喜、欣慰。没有这种碰撞与交流,创新可能缺少资源、没有动力。记得是2008年,我们一群所谓文化界人士去欧洲访问交流,有天到柏林郊区一家艺术馆参观。博物馆坐落在历史悠久的富人区,是古老的大宅改装而成。这种历史悠久,首先是阔大庭院中的那些参天大树给我的印象;其次是主人不咸不淡、不温不火、温文尔雅的态度;再次才是它丰富的收藏:18世纪以来诸个历史时期、诸个艺术流派的绘画作品都能在这里见到。而且这里没有严格繁琐的安保措施,因为那些作品看起来就是自家挂在墙上的一些东西,根本不需要煞有介事。

在那家艺术馆,最难忘的一幕出现在我们即将离开之时。我们已与主人告别,绕过门前的草坪走到大路上,艺术馆二楼的窗户突然打开,一位男士站在了巨大的窗口前,用高亢嘹亮的声音对着我们唱起了意大利歌剧，而且是男女声对唱的那种。我们是带着艺术交流的目的来的，他是想用这种方式来和我们"交流"，将我们的军！我们一行人中有弹琴的、写作的、摄影的、绘画的，就是一个声乐人才也没有，更不要说什么意大利歌剧女高音了。怎么办？如果就这么灰溜溜地离开，当然没人会拦着你，可中外艺术交流呢？中国人拿什么和西方对话呢？那位男高音只是艺术馆的工作人员，也不是专业歌唱家。我们没有退路。

就在这焦虑、尴尬之时，一位同行的扬琴演奏家亮丽的女声适时直上云霄：是刘三姐的山歌！不但能对得上意大利歌剧的男声，而且颇具中西艺术咬合的张力。刘三姐的山歌够高、够亮，男女声你来我往，歌剧男高音与中国刘三姐的女高音久久缠绕，感动的泪水盈满了我的眼眶……音乐是所有艺术中最无国界的，双方无须听懂对方的歌词。艺术的最高法则就在于这情感与精神的相通与交融，是心灵的相互碰撞、相互吸引、相互唤醒……等到中西对歌告一段落，我们再次踏上归程，窗口的男士不停地冲我们挥手，似乎也是依依不舍……

我喜欢艺术，却是艺术的门外汉，非专业人士。也可能正是这个原因，我对艺术与艺术法则的感触非常多，也有点乱。

柏林郊区那家艺术馆的丰富精美的藏品如今我已经淡忘了不少，除了离开时那场中西对歌的欣喜，对艺术馆所标榜的艺术的《传统法则》至今也仍有深刻的印象。联想到国人对待艺术及艺术收藏的态度，自然多了感慨。那《传统法则》是用英文随意手写在墙壁上的，但有射灯打在上面，显然是主人看中，而且希望能引起共鸣的：

Old Rules

1. no money no art

2. retrieving my history

3. the 18th century

4. bringing back chivalry's "good manners"

5. innocence and romance

6. art that matches the furniture

7. the return of the commissioned portrait

8. and the art patron

勉强可以译为:

传统法则

1. 没有钱就没有艺术

2. 追溯我们的历史

3. 18世纪

4. 重回骑士精神"良好的风度"

5. 纯真与浪漫

6. 与家具相称的艺术

7. 委托肖像画的重归

8. 以及艺术赞助人的重归

在一个商品社会,金钱在每个领域都是必需。

艺术当然也一样，没有钱当然没有艺术，艺术要成为作品就得要花钱。对此，西方人开宗明义。如今有些中国人又要遮遮掩掩了：强调艺术如何如何高尚、高雅，如何不能沾染铜臭。但强调得义愤填膺就让人感觉有点不对了。我们常常发现：钱常常是那些高调人士内在唯一的驱动力，只不过，因为可能还没有挣到钱，所以走上了愤世嫉俗一途。特别是相当一段时间，艺术品的主要用途是送礼、贿赂，因为不好直接送钱。但艺术品可以"高雅"地洗成钱，所以所谓的艺术流通常常是无关乎艺术表达的。或者是投资，因为艺术品的投资回报率高，"某某画家、书法家过去多少钱一尺，现在涨到多少多少钱一尺"，类似的声音不绝于耳。艺术需要花钱，艺术可以产生效益，先承认这样一个事实，才能正确认识艺术生产、流通、收藏，才可以避免两种情况：为了金钱让艺术苟且，为了艺术而穷困潦倒。

《传统法则》第二条、第三条说的是欧洲的传统，而18世纪是西方艺术的黄金世纪：人文精神高涨，启蒙主义的大旗高高飘扬；皇家不仅有着绝对的权威，而且有着巨额的财富，显赫家族中也不乏艺术的崇拜与爱好者，艺术家生逢其时，名家名作迭现。中国的书画，传统里跟"专业"没有关系。书法更多的是实用，不可能有专业的所谓书法家；绘画除了实用的一部分外，也只是怡情养性。但不是专业的其实也没关系，"喜欢"是艺术的基础。宋朝崇尚文化，上到皇帝，下至普通的文士，都是艺术的行家里手，虽然都是"业余"的，却创造了中国文化的高峰。明清两代也形成了自己的艺术传统。祖宗留下的东西值得珍视、需要研究，而不是为革命而革命，艺术这块，真的革了祖宗的命，根基也就没了，"钱"途也就断送了，现在中国人送礼与收藏的主体部分还是中国的传统字画、传统杂件。

"骑士精神"与中国传统讲的"情义"二字有其有相通之处，可如今的所谓艺术界，常常受着"钱利"的压迫和诱惑。"良好的风度"说的应该是艺术家和收藏者、欣赏者对待艺术要有一个合适的态度，人性的表达与交流是艺术的核心，名和利、占有和买卖都应该是次而又次的要素。与钱脱不了干系的艺术照样可以不失高雅，前提是，个人的艺术表达、艺术欣赏、艺术收藏，最好能建立在精神与情感的吸引与交流上。

"纯真与浪漫"是真正的艺术家必备的素质和特质，真正的艺术家必须葆有一颗赤子之心，心灵是必须敞开的。但对于如今的中国人来说，"纯真和浪漫"太奢侈了，这两样美好的东西真是久违了，中国人的"务实"精神已经发挥到了极致，"纯真和浪漫"常常被看作是"二百五"。"纯真和浪漫"可以成就艺术，而艺术可以涵养艺术欣赏者的纯真和浪漫，前提也是：艺术和人的关系必须建立在心灵的基础之上。

中西的传统艺术，都是挂在墙上、置放在室内欣赏的，当然是须与家具与环境等相匹配的，否则作者再有名、艺术价值再高、再值钱也不合适，不能充分体现其艺术的美。水墨、书法挂在西式的房子里、油画置放在中式装修的屋子里，怎么看都别扭。艺术与人与环境应是相辅相成的。

即使在西方，"委托肖像画的重归"如今也遇到了挑战，因为摄影的普及，肖像画似乎不那么重要了。其实，再伟大的人像摄影与肖像画仍是两股道上跑的车，各自的追求不同，优秀肖像画的价值远非一般人像摄影所及。中国的一些所谓的艺术家，争着为名人画肖像、塑雕像，那是为了借名人出名，即使贴钱也干，根本没有人"委托"。

"艺术赞助人"对于如今的国人来说就是个陌生的概念。因为所谓艺术家大多都在卖钱，还需要赞助吗？给艺术家钱，当然是为了购买艺术品，为了投资、送礼（骨子里也是"投资"），谈不上赞助。这里主要看把"钱"放在前面，还是把"艺术"放在前面。首先考虑艺术的发展、艺术人才的发现和培养而投入资金，那是艺术赞助。这样也许不能马上见到收益，但长期来看，不仅是艺术收益，而且经济收益也会丰厚。如果以赚钱为目的，就只是投资，只不过是打着艺术的名义。这样的投资可能见效快，但是被金钱吹起来的艺术泡沫，随时都可能破灭。同样是投入资金，前者是艺术的眼光，后者却是金钱的嘴脸。

在西方，过去艺术赞助人主要是皇室和大的家族。比如意大利的美第奇家族，佛罗伦萨的美第奇艺术馆的藏品让人叹为观止。现在呼唤"艺术赞助人的重归"，当然是因为皇室所剩无几，而且剩下的也是象征意义上的皇室，财政上往往捉襟见肘，皇室作为艺术最大的赞助人与主顾是衰落了。私人财团，因为受现代企业制度的限制，往往也无法因为个人的爱好而不顾眼前的企业利润为艺术投入大量资金。大银行的艺术投资主要光顾名家并让其升值，"钱"当然排在"艺术"前面，一定要说"艺术赞助"实在是很勉强。在这样一个被金钱绑架的社会，真正的"艺术赞助人"难觅踪影。此大背景下，艺术家个人的坚守，不仅难成气候，而且难以持久。明清两代，中国当然也有过艺术赞助人，比如盐商，比如参与戏剧创作、制作和演出的文人士大夫，他们之中有一些是艺术的热心人，而且经常是超越技巧的"超专业人士"。除了观众流失外，如今传统戏剧遇到的问题，主要是缺少文化人参与造成的。

说西方的传统法则，和一些已经失去的传统，其实是想呼吁一种最基本的艺术准则：能不能有一种收藏，就是因为喜欢、就是有了感动，面对一件艺术品，内心被它击中，满心欢喜，或者哪怕一点点领悟，为此我们可以不管作者的名气、作品的金钱价位而去收藏它。这话其实也是站着说话不腰疼，我忘了《传统法则》的第一条，"没有钱就没有艺术"，艺术收藏尤其不能缺钱。那么，就去看展览吧。

而且，只要有能发现美、发现艺术的"天眼"，处处都可能有艺术。艺术不过是要打破心灵的藩篱，正因为如此，刘三姐的山歌才能完全匹配意大利的歌剧。

成功乃失败之母

"失败乃成功之母"称得上是名言中的名言,意为失败者只要从失败中吸取教训,积累经验,化失败为力量,努力而为,成功将继之于后。多少年来,它给失败者和身处逆境者以信心和力量,成为他们的座右铭——当然,也可能是挡箭牌,如果败之又败而不知警醒的话。

成功何尝不是失败之母？

一些人通过自己的努力，在事业上取得了很大成就，积累了巨大的财富，甚至登上了高位，赢得了各种殊荣，可谓"成功"。但成功之后，有些"成功者"不思进取，甚至忘乎所以，或躺在功劳簿上睡大觉，或居功自傲，视法律和道德为儿戏，终致沦为失败者，甚至阶下囚，先成后败、因成而败。

卧薪尝胆，逆境求胜，反败为胜，是人类心理的优质，中外古今不乏这样的例证。胜而殆，赢而骄，成而懈，是人类心理的劣性，这样的例子中外古今也比比皆是。失败往往成为一种力量和强心剂，成功往往是包袱和麻醉剂。失败者不吸取教训加倍努力，肯定无法转败为胜；成功者不警觉清醒再上新台阶，必然转胜为败。败中取胜不易，成功之后立于不败之地更难。真正的成功者必定经历了很多失败，不少失败者也都曾是成功者。成功者得意洋洋、忘乎所以的嘴脸，有时比失败者的垂头丧气还要不堪。

古语云："学如逆水行舟,不进则退。""学"如此,人生的其他方面也是如此。朱熹也说"凡人不进便退也","无中立不进退之理"。(《朱子语类·卷十三》)信息社会的今天,知识每年的折旧率都在20%以上,只有不断地进行知识更新才能跟上时代的步伐,否则时代会把我们抛得越来越远。当今社会竞争异常激烈,只有具备坚忍不拔的毅力和精进不止的品格,才能不断前进,在学业和事业上立于不败之地。在当今这个物化的世界,只有记得做人的本分,修身养性,不断提高精神情感境界,才能保住自己作为人的形象。只有胜而不怠、赢而不骄、成而不懈,不断开拓进取,才能走进知识、事业、人格的新境界。

"成功乃失败之母"确乎不是文字游戏,与"成功乃失败之母"一样,均为至理之言,后者为激励之言,前者乃警策之语。

以上所说的"成功"还只是侧重于事业、学业方面。如果扩展到"人生"的层面，基本原理相通，但情况要复杂一些，有其不同的层次和阶梯。按照哲学家的理解，人生分为生存、生活、生命三个层次。所谓事业上的成功，财富的积累、仕途的升迁，还只是"生存"意义上的成功。住的房子大一些、高端一些，吃得高档、精细一点，表面上风光一些、引来的羡慕的目光多一些，也还是"生存"。在"生存"的基础上的"生活"，有更多非物质的因素，比如爱情、家庭伦理、友谊等。有些"高官""富贾"的成功止步于"生存"，一根筋：升官、发财。而且是以牺牲"生活"为代价的，家庭破裂，"爱情""友谊"在他们这里还是"交易"。如果上升到"生命"层次，每个生命来到人间，都是独特的存在，有其不同于他人的生命肌理。东西方哲人所寻找的"大美"和"诗意地栖居"，中国哲人所说的安顿身心，在"道"合"理"，天人合一，是"生命"的本真需求，是每个生命个体对其各自"生存"和"生活"的平衡和超越，需要人生的大智慧。现在的"成功学"对所谓成功做了狭义的理解甚至曲解，如此，"生存"层次上的成功直接带来的，可能就是"生活"和"生命"层次上的失败，物质上的得到伴随的是精神上的失去，"经济"的膨胀可能就是"文化"的萎缩。成功即失败。

近代以来，中国曾经败了又败，那历史车轮下的个体在"生命"意义上也难有"成功"可言，"失败乃成功之母"在中国人这里就有了点悲情的味道。倘若现在又轻言"成功"，岂不是"两败"，"俱伤"？

"情商"别解

"情商"是现在颇为流行的词汇之一,即英文的 Emotional Quotient,简写为 EQ,指认知、控制和调节自身情绪的能力。情商对于人的成功,起着与"智商"(Intelligence Quotient,简写为 IQ)同等重要的作用。有人甚至说,在智商正常的情况下,在中国这样一个"人情"社会,情商甚至起着决定的作用。

如果将"情商"反过来译成英文,我倒想篡改英文原意,将中文"情商"译为Love Quotient(简写为LQ),也即爱的能力和素质。在物质日益发达的今天,对作为情感动物的人来说,我觉得爱的能力比智商、比控制情绪的能力更为本质和重要。

控制感情是一种能力,感情本身、爱本身更是一种能力。爱,是需要能力的。常听一些人抱怨感叹:"我现在已经爱不起来了。"别以为是曾经沧海难为水,这实际上就是爱的能力萎缩的表现。不过,他们的本意并非说自己爱的能力不强,而是说这个世界上已没有什么值得他们用心去爱的了。他们往往都觉得自己经历了不少情感风波,曾经沧海。也许,他们根本就没有真正爱过,他们心里只有一本所谓爱的付出与回收的糊涂账。可真正的爱都是非功利的、不求回报的,他们账上的收支就永远平衡不了。实际上,他们迫切需要算一算的是他们的"情商"(Love Quotient),迫切需要测一测自己爱的能力。如果连自己爱的能力也心中没底，那就更是一种"情商"低下的表现了。

如今，物化生活已经磨粗了不少人的情感纹理，爱的感觉大大丧失，爱的能力急剧下降。利重于情，利大于义，见"钱"忘"情"，不少人已经做不了"情人"。"情人"曾经是多么高贵的一个词，但现在已经被一些人理解成了坐台小姐，所谓的"情"早已成了商品。郁达夫诗曰："万一青春不可留，自甘潦倒作情囚。"现在还有多少人愿意做潦倒的"情囚"？如果潦倒，也不要指望人家爱你。对某些人来说，这句诗可改为"万一青春不可留，不甘潦倒作'钱囚'"。"情深义重"成了"钱深利重"。 20世纪70年代末80年代初，还经常可以在书架上看到《情书大全》《情诗大观》之类的书，如今连这些书的影子也看不到了，就更不要说写情书情诗了。在有些人那里，情书已经成了账单、股票、存折和信用卡。

爱的能力低下，带来的必然是麻木、冷漠；一个麻木、冷漠的人，还能指望他有什么积极的情感？如果没有爱心，没了爱的能力和爱的感觉，即使智商极高，大脑发达，有很好的控制情绪的能力，也不过是一具行尸走肉而已。

《艺文类聚·卷七十七》引南朝梁元帝《梁安寺刹下铭》："苦流长泛，爱火恒燃。"爱是人类永恒的神话，是人类永远的精神和情感家园。正因了爱的薪火相传，人类才繁衍发展至今。没了爱，茫茫人生，我们将何以为继？人类倘若失去了爱，丧失了爱的能力，再也找不着爱的感觉，我们还要那劳什子智商和控制情绪的所谓"情商"做什么？

爱情与金钱

中国人常说："有钱能使鬼推磨。"又说："天大包不住爱，地博盛不下情。"中文世界里，虽然都知道"钱"和"情"的厉害，但这两者本身却是不沾边的——非但不沾边，而且是相克的。沉浸在爱河中的男女当然不能谈钱，怎么能让爱染上铜臭？英文里有个词组：not for love or money，汉语勉强可以译为"怎样也不","love（爱）"和"money（金钱）"并列（爱只是在先后顺序上排在了金钱的前面），成了世界的全部，某种程度上反映了英语世界中人们的世界观和价值观。把爱与金钱这一对似乎是水火不相容的事物并排在一起，中国人可能有点儿接受不了了。

但不管您接受得了接受不了，现代社会没有钱是肯定不行的。这世界上已经没有山林给你隐居；没有钱，饭肯定吃不上，山上没有野果子吃，河里的水已被污染，无法直接饮用。生命都保不住，何以言爱？金钱客观上已经成为爱的必备条件。金钱的日益重要，确实也使它更具腐蚀性，但这不是金钱的错，正像人沉溺于不义之爱，我们不能一味地去责怪爱一样。

视金钱为粪土被认为是一种高尚的品德，仅向前推几十年，还有"越穷越光荣"的说法，真弄不懂是怎么光荣的。中国历史上还有所谓"重农抑商"的传统，是否"重农"不知道，"抑商"即使在现代社会依然可以寻到它的蛛丝马迹。对"做生意的"有钱人，虽然心里艳羡，脸上却是不屑的。由于中国特殊的国情，要赚大钱仅靠聪明才智往往不能奏效，相当程度上还需要一些非商业的手段，因此我们还没法去尊敬现今的一些款爷们。但这不能反推，不能因为别人有钱，我们就一定要去瞧不起他。"我很穷，但我很温柔。"说这话的老兄是想在"爱"的问题上偷懒，"温柔"成了"穷"的挡箭牌。所幸的是，这穷温柔如今似乎也管不了什么用了，一揭即穿的，为什么一定要去爱一个穷光蛋呢？对钱，穷怕了的中国人真是心有千千结，心里想得厉害，嘴上还要来把钱和有钱人骂一通，心理情感的扭曲天可怜见。如今，不断地听到有人说："有了钱，还愁没有老婆吗？"或者说"等我买上了大房子，还愁没有老婆吗？"说这些话的一般来说都是没什么钱的；又听有人说："除了钱以外，什么都缺。"这样说话当然是"先富起来"的那些人。如果说前一种人是"穷酸"的话，后一种人就是"富酸",这两种"酸"反应的催化剂都是"铜臭"。我们需要钱,我们爱钱,但在铜臭面前,我们还是要捂鼻子。

过去我们说:"千万不要忘记阶级斗争。"这个"千万"后来发现错了。但下面这两个"千万"我认为是对的:千万不要忽视了爱,也千万不要瞧不起钱。视金钱为粪土,粪土也是能肥田的。在现代社会,金钱应该是为了更好地爱。仅仅为了爱,您也得赶紧挣钱去。为了您心爱的人不要老是为了钱受那么多委屈,您也得去挣些钱。我想,坦坦荡荡地赚钱,勤勤恳恳地爱的时候,才是中国人真正扬眉吐气的日子。

春节也是有个性的

不要说不同地区,就是同一家庭的每个人的春节、对春节的记忆都不可能是相同的。春节都是自己的、自家人的,基本不会和外人分享。因此,其他地区的人们如何过春节,有何习俗,往往都是在传说之中,在媒体的报道之中。比如,主流话语、中央媒体中不停地说的"过年吃饺子",只是说了北方的某些地区，依我的了解，至少大半个中国过年不会吃什么饺子——在我的故乡苏中地区，过去只有农历六月半、七月半的鬼节才会吃饺子。因此，很多年，看中央电视台里热火朝天地说"过年吃饺子"时，我心里是很惶惑，很烦这句话的。就过年这一项，主流话语也是粗暴地遮蔽了多样性。

就是江苏这一个省的情况，也是存在着多样性：从南到北，苏南、苏中、苏北，文化形态不一样，物产有别，经济发展水平参差不齐，因此年如何"过"、过什么样的"年"，也是各有特色。我的家乡东台位于苏中地区，不像苏南地区那么富足有名，似乎也不像苏北汉风楚韵那样特色显著，但这其实也是人们偷懒匆匆做的概括。苏中有水乡，有海洋（江苏的海岸线基本在苏中），毗邻长江。江河湖海，孕育了独特的物产，也孕育了丰富的精神文明——苏中籍的作家及其作品占了江苏这个文学大省的半壁江山。作家成堆的地方，往往就有哲学流派的"支持"，著名的泰州学派的祖师爷王艮当年就是东台（当时的东台属于泰州）的盐丁，泰州学派的"百姓日用即道"，似与江苏作家的"人学"隐隐相连。

不再夸"俺家乡好"了，还是说过年。

关于过年，说得比较多的还有"家人团聚"，不管路途遥远，总是千山万水地赶回家过年。对此说法，我这个农村的孩子也迷惑了好多年。过去的户籍政策把农民牢牢地拴在土地上，实在有事出门当天回不来，住旅馆还要介绍信，农民基本上是哪儿都去不了的，不要说过年，就是平时全家人也都是在一起，大人在田里劳作，小孩在村里的学校读书，放学了还要给父母做帮手，夜里睡得像个死猪似的，做梦也不会梦到什么"千山万水"。对贫穷地区的孩子们来说，过年说白了就是"吃"和"穿"二字，因为物质贫乏，过年才能穿上新鞋新衣裳，平时吃不上的东西过年能吃上。物质决定精神，过年于是有了欢乐喜庆的气氛。腊月农闲，年事从腊月头上早早就开始了，孩子们对过年的渴望早早地就热切起来。苏中地区的人家过年，至少有两样东西是必做的：一是馒头，一是糯米年糕。馒头都是用发面，但因为一个村里蒸馒头的大蒸笼有限，各家要轮流着来，如果时间把握不准，面有时发过了，蒸出的馒头有些酸；有时面还没有发开，蒸出的馒头就比较板。馒头的味道有异，因此每家每年的春节的味道也就不一样。饿了一年了，第一次出笼的馒头特别香，我一般一口气要吃掉很多个。腊月里做的食物经得住放，不容易变质。馒头会蒸得多些，过了正月十五，各家会把剩下的馒头切成片在春天的阳光下晾晒，因此空气里弥漫着馒头干甜甜酸酸香香的气息。馒头干会断断续续吃很长时间。先放在水里泡一泡，然后在锅里蒸，在青黄不接的春天，松软、劲道的馒头干特别香甜。我母亲往往将晒干的馒头干这儿藏一点那儿藏一点，每当我觉得这次终于吃完了时，过了两天，母亲又不知从哪儿掏出一些来，这样的意外之喜真是没法形容的。过年因此不是年夜饭那一锤子买卖。

如今物质是大大丰富了,"吃"和"穿"已经不成其为问题。我不知道过年还剩下些什么。转眼我也是人到中年,上有老下有小。现在也已经是腊月,可是因为空气严重污染,媒体不停地建议老的和小的尽量不要出门,尽量少开门窗……我因此就特别怀念我童年时穷穷的,但是干干净净的春节。

宁夏的颜色

去宁夏正是夏天。夏天是各种颜色都成熟了的季节，绿的更绿，蓝的更蓝，黄的更黄，水就更水……我因此能充分领略宁夏的颜色，品尝宁夏成熟了的颜色的果子。

水

"水色"大概是最重要的颜色了,如果它算一种颜色的话。到了宁夏,我才知道,水是有不同的颜色的。也许是因为身在长江边上,我似乎从来就没有切身感觉到水的可贵;这次到了西北,我才知道了水的意义——因为短缺,才凸显了它的意义。其实无论在何地,水对人的意义都是一样的。但人必须到了什么东西短缺的时候,才能真正感觉它的可贵。这是人的劣根性,不关水的事。

在宁夏,水有三种色调。黄河里的水是黄颜色的,我们乘浑脱(羊皮筏子)在黄河漂流,满眼都是浊重的黄色。等进入了宁夏网状的沟渠,它才与南方的水相似,亮亮汪汪的,滋养着各种各样的植物,看起来比它在黄河里有营养多了——植物大概也和人一样,喜欢喝清水。

在沙湖,可能是因为湖水较深,水中有一丛丛芦苇，水下有鱼有虾的缘故，水竟然是黑森森的，这是水的更肥沃的颜色。沙湖紧挨着沙漠（故称沙湖），虽然沙漠的面积远远大于沙湖的面积，但我分明感觉不是湖偎在沙漠的怀中，而是沙漠偎在湖的怀中，因为是水滋养沙漠，而不是相反——这也是合情合理的，孩子需要母亲的抚养，所以孩子偎依在母亲的怀中。

黄

有种颜色在宁夏是生长的，这就是黄色。土黄色也是宁夏的底色，黄的贺兰山，黄的西夏王陵，黄的沙漠。西海固干黄的泥土，我这个南方人怎么也感觉不出它是泥土，分明是木屑堆积而成；而沙漠里的沙子分明是炒过的木屑，一点火就着的。但因为黄河水，黄色发芽了，生长了，长成了宁夏这块大西北的绿洲。

光有水当然不行，在瓦蓝瓦蓝的天空上，宁夏的太阳特别地金黄金黄。

绿

走在林荫道,走在阡陌田野,我仿佛又回到了江南,这里,绿色的稻田,绿色的树木,绿色的玉米……跟江南毫无二致,"塞上江南",果然名不虚传。因为多了,我对宁夏的绿色又有点麻木了。惊诧于宁夏的绿色,是在腾格里沙漠。

第一次见到沙漠,心里交织着惊异、恐惧与兴奋,脱了鞋与同伴比赛爬沙丘。不一会儿,双脚就烫得受不了了——沙子吸了太阳的热,烫得不行。慌慌张张地坐下来穿鞋,忽然间,看到脚边的沙坡上竟然长着一株小草,高只寸许,四瓣叶,翠绿翠绿的。真难以想象,这烫得不能站脚的沙漠如何能长出这等绿色。这新鲜的嫩绿,无比柔弱又无比坚强。

宁夏的颜色

要集中地看宁夏的色彩，看油画般的宁夏，最好的去处应是沙坡头。沙坡头地处中卫县，这里曾是古丝绸之路的重要通道。蓝色的天空下，雄秀的高山、奔流的黄河、广袤的平原、无际的沙漠、蜿蜒的铁道和长城并列在一起，赤橙黄绿，非高明的画家不能表现。

但是我依然不满足，我一直在想象着消逝了的宁夏的前身——西夏的颜色，走在宁夏首府银川的大街上，我一直在用心寻找着西夏人的气质和表情。从这些骑自行车、坐汽车的现代人身上，我似乎真的隐隐约约看见了西夏，那曾经创造灿烂文明的西夏，那西夏的男人和女人……但历史却在西夏这里断裂，元人托克托主修了《宋史》《辽史》和《金史》，唯独没有为西夏编修专史；《二十四史》里也独缺这一章。我只能从西夏博物馆的文物去想象西夏，想象西夏的色彩了——据有限的资料考证，西夏时的贺兰山依然是披青戴绿，水草丰美的。也许，那些只能想象而无法确证的梦中的颜色才是最美的吧。

清江浦之梦

我不得不承认,清江浦是个迷人的地方。这样的地方往往有其共同点:它们一定与梦想、远方联系在一起;对于远方的人来说,它本身也是梦和远方,让人牵挂、回味、念想。

这样的地方一定不是闭塞的、孤陋寡闻的,否则有了陈腐气,让人惋惜;但又不是大都市或者时代的中心——那样就太喧嚣了。大都市和时代中心适合创业,其实并不迷人。迷人的地方一定是和远方、远方的繁华和文明联系着,随时可以从这里走向中心,也可以随时从远方的繁华回到这里——受够了繁华和中心挤压的官员、商人、学子们想退回到这里,舔舐伤口,休养身心,进入日常生活。而这些从远方回来的人,他们的见识、经历,他们作为独特的生命个体,客观上也增加了这里的魅力。总之,因为和远方联系在一起,它是有梦想的,因为梦想着远方,所以这里的有些人会走向远方;然后可能又回到这里,远方于是在他们回忆的梦里。无论是梦想,还是回忆,都是有魅力的。

清江浦就是这样一个让人着迷的地方。

我第一次去清江浦还是20世纪80年代,初中刚刚毕业,对人世、对未来有着种种憧憬,其实迷茫得很。因为从小所受的革命历史教育,第一次来清江浦主要还是为了周恩来,想见见伟人最早的足迹,想象少年周恩来站在清江浦楼上心忧天下、壮怀激烈，为自己的人生打气……后来匆匆到过几次，虽然是匆匆，因为人生阅历的增加与丰富，对历史和人生的思考加深、加宽，我对清江浦的认识也更宽、更深。

清江浦一带，自古就非贫瘠之地，司马迁曾描绘这里的人民是"饭稻羹鱼""无饥馑之患"。1415年，清江浦开埠，此后逐渐成为京杭大运河繁荣的交通枢纽、漕粮储地和商业城市，是漕运、盐运、河工、榷关、邮驿的综合枢纽。明中叶，清江浦一带逐渐崛起成为淮安地区的中心。清朝时清江浦进入鼎盛时期，其所在地淮安，与扬州、苏州、杭州并称运河线上的"四大都市"。"江淮熟，天下足。""走千走万，不如淮河两岸。""最是襟喉南北处，关梁日夜驶洪流。""行人日夜驰，此是长安道。""夜火连淮水，春风满客帆。""灯影半临水，筝声多在船。"——这是前人留下有关清江浦的词句，可以想见清江浦的繁华与绮丽。清雍正五年（1727年），皇帝敕赐清江浦魁星阁名威佳景楹联云："七省通衢长镇日畿高敞快登临漕载东南十万客；九州驰连绣旌楼船举杯唤明月酒伴江淮第一楼。"那是何等气象万千，风情万种。明清两代的帝王不敢轻视这里，他要南下也无法避开清江浦。不可避免地，他也会回想清江浦。1793年，英国使团经过清江浦，其成员安德逊回忆道："我们在一座大城市附近抛锚，并受到鸣炮欢迎，无数条帆船停泊在码头。"这是哪座城市？同行的托马斯·斯当东的日记指出，那天早上船队是沿着清江浦航行。船队通过清江浦时，英国人惊叹："巨大的城市，多得令人难以置信的帆船和百姓！"清江浦早早进入了外国人的回忆。

周恩来曾这样说他的故乡："淮阴古之名郡，扼江北之要冲，清时海禁未开，南省人士北上所必经之孔道也。"历史上清江浦是"南船北马，辕楫交替"之地，也是江、浙、闽、粤等沿海省份通向北京的必经之道。南来北往的官员、商贾、学子、传教士、外国使臣，抵达清江浦，要么"舍舟登陆"

北往通京大道，要么下马登舟浮水南下。清江浦不是政治中心京城，也不是十里洋场上海、人间天堂苏杭，但是清江浦人却可以顺风顺水地到达这些目的地，与这些地方保持了审美的距离，留下了想象的空间。清江浦看尽了世态人生，有远方的梦想、水上的世界、脚下的土地，梦想与现实的相互观照，也才能产生伟大的戏剧和小说。

　　清江浦不仅孕育了心忧天下的革命家，也给社会、给远方贡献了其他多方面的人才。清江浦之梦也成就了文学。近现代以来，仅戏剧、电影方面就有京剧名家王瑶卿、周信芳，戏剧家陈白尘、名导演谢铁骊等。据说，京剧四大名旦都曾经跟王瑶卿学过戏，他不仅是表演艺术家，还是京剧名角的孵化器。后来的杜近芳、张君秋等也都是其门生。王瑶卿生前还曾带戏班子回清江浦演出，回报乡梓。家乡一定给了他的京剧艺术不可缺少的东西。因为清江浦与中心之地的特殊关系，使它可以用旁观者的视角看繁华落尽的过程与结果，掌握、产生与繁华人生间离的技巧与效果——这是戏剧艺术的基础。王瑶卿编演的京剧《十三妹》，其题材取自长篇评书《儿女英雄传》，原始素材也与清江浦有关。京剧大师周信芳，1895 年出生在清江浦虹桥。他的代表作《萧何月下追韩信》成为京剧"麒派"老生的必学之戏，韩信也是淮阴人。戏剧家陈白尘在精神上比前两位更进了一步，对于中心和繁华采取了审视的姿态，正是这种审视与批判成就了戏剧家陈白尘。

清江浦不仅出产英雄，也出产才子佳人；出文学素材，也出作家。女作家的梦想之书尤其让人着迷，比如邱心如，比如赛珍珠。

邱心如是清江浦 19 世纪最著名的女作家。文学史家郑振铎将邱心如的长篇弹词《笔生花》与陈端生的《再生缘》相比较，认为《笔生花》在诸多方面都比《再生缘》细腻、生动，这无疑是很高的评价。尤其是与《再生缘》后部分比较，"邱心如的写作技巧和情绪，要较梁德绳高明多了"（郑振铎

《中国俗文学史》）。邱心如1805年出生在清江浦石码头街，父系和母系都是当地的望族，她深受家庭文化的熏陶，兼女红和诗书。《笔生花》的创作始于少女时代。她这样描绘开始写作时的情境："深闺静处乐陶然，又值三春景物妍。花气袭人侵薄袂，苔痕分影照疏帘。清昼永，惠风暄，最好光阴是幼年，堂上椿萱欣具庆，室中姑嫂少猜嫌。未知世态辛酸味，只有天生文墨缘。"清江浦大家庭的才女爱好写作，成为一件非常美好的事情，传为当地的美谈或者备受争议。因出嫁，写作暂时停止。嫁的是清江浦花街的一个大户人家。花街至今犹存，当年更是清江浦最为热闹、繁华之地。除了各式店铺招徕顾客外，花店尤为其特色，不光花多，还有花篮、花船、花扇、花灯、花伞……因此称为"花街"，"花"成为日常生活。但邱心如婚后生活并不美满。据说，邱心如曾在花街的茶楼弹唱《笔生花》，颇多女性命运的感慨。远方不仅给她带来了新生事物，也一定带来了新的思想。对新时代，感触最深的可能是女性。对照新的思想风俗，她对眼前的现实必然多了一番感慨。后来更是遭遇家庭变故，夫死子夭，公婆相继离世，贫困无依的邱心如不得不回到娘家。看尽人间世态炎凉，饱尝辛酸苦辣的她，前后用了约三十年的时间，终成《笔生花》这部近一百二十万字的鸿篇巨制。其中不仅有悲，还有"恨"：邱心如恨不能像书中的女主人公那样，女扮男装，实现自己的社会抱负。悲愤出诗人，《笔生花》的后半部也应该胜于前半部。

美国女作家赛珍珠跟着传教士的父母来中国，第一站就是清江浦。刚到时，她才一岁左右。她回忆清江浦说，小时候和中国其他小孩一样，"听周游四方的说书人讲故事，他们在乡村道边走边敲小锣，到了晚上，就在村中打谷场上说书。一些江湖戏班也常到村里来，在大庙前找个地方唱戏。这些艺人的演出，使我很早就熟悉了中国历史，以及历史上的英雄豪杰"。中国说书人的传统和中国题材,都可以在她日后的小说创作中看到其影响。正如她自己所说:"由于儿童读物的匮乏,小小年纪的我只好读成年人的书,结果是,我还远远不到十岁,就已决定当一名小说家了。"作为大码头的清江浦,给了赛珍珠丰富的故事和光怪陆离的现实。她的《自传随笔》,还记载着一件事情:"我决不会忘记在我童年时代的另一个重要人物,那就是我的中国老保姆。"这位"中国老保姆"孙妈妈也是清江浦人,与她朝夕相处,陪伴她长大,感情自然非同一般。赛珍珠获得诺贝尔文学奖的作品《大地》里,也有清江浦的影子。书中描写的阿龙从飘着牛羊肉香味的老街上娶了大户人家的女佣阿兰,这就是当时发生在赛珍珠身边的故事,而"飘着牛羊肉香味的老街"描写的就是清江浦牛行街。清江浦一定意义上成为赛珍珠的文学摇篮,也是赛珍珠的梦。

饮食,"菜"是日常生活的重要组成部分。如今已经走向世界的淮扬菜,是淮安、扬州、镇江三地风味菜的总称,是中国四大菜系之一。淮安与扬州是淮扬菜的两大发源地,清江浦历史上作为淮安的核心地区,自然功不可没。清末民初的美食家杨度在其《都门饮食琐记》一文中说:"淮扬菜种类甚多,因所代表之地域亦广,北自清江浦,南至扬镇,而淮扬因河工盐务关系,饮食丰盛,肴馔清洁,京中此类极多。"可见在京城,淮扬菜也占有重要的地位。政治中心和商业中心可以汇聚天下菜品,但它们本身不能创新菜系,不具有原创性。清江浦,作为清代重要的运河交通枢纽,冠盖进驻,商贾云集,还有重要的"河工",带来了丰沛的饮食消费需求。清朝由于黄河夺淮,黄、淮、运三河相互纠结、叠加,治水形势异常复杂,因此河工经费之巨也是历史罕见的,河道总督每年从国库里领取六百万到一千万两不等的白银用于河务。有种夸张的说法:实际用于治理河道的仅有三分之一,贪污行贿、吃喝招待,占去了三分之二。漕运总督与河道总督等各路官员,以及商贾人士,你邀我请,你来我往,"脂膏流于街衢,珍异集于胡越",各大官署衙门的厨师们,巨贾家宴的厨子,使尽了看家本领,求新求异,博采兼容,充分利用本地食材,糅合南北满汉风味,共同创造出了具有今日淮菜特点的河漕总督官署菜。但不管如何,"菜"不是一个饮食文化所能打发,也不是官府菜所能概括的。它不仅跟这里的农业、渔业相关,也跟这里的生活态度、精神气度相关。"菜"也是综合艺术。"菜"需要想象,更是舌头的回忆,实实在在的想念。

正因为自古经济的富庶和交通的便利产生了独特的江淮文化。清江浦作为节点,它是开放的。儒、释、道、基督教、伊斯兰教等宗教能在这个交通节点上,在这个"邮票大的"地方相生相处,客观上证明了清江浦在文化上的极大包容性。排他性是绝对让人讨厌的,一点也不迷人。一代又一代的清江浦人、南来北往的世界各地人士,不断地把这里的思想和事物带向世界,同时把外面的思想和事物带回这里,才有了江淮文化、清江浦文化。

随着清朝转而依靠海运，特别是铁路等现代交通的兴起，清江浦不复往日的繁华。从遗址可以辨认过去，记忆、记载保存着往昔。即使清江浦已不复当年，但是，失去的往往是最美好的。因此，清江浦魅力永存。何况，远方还在，梦仍在。

我又一次来到清江浦。细雨蒙蒙之中，参观了清江浦记忆馆、慈云禅寺、清晏园、清江浦楼、文庙、清江大闸、丰济仓等清江浦的历史文物古迹，有的是近观，有的是远眺，清江浦的前世今生，有一些东西自此留在了我的心里，甚至梦里。

清江浦有梦，梦在远方；如今，清江浦也在无数远方之人的梦里……

塔,只为望见

那年邀请法国作家勒克莱齐奥来南京参加首届扬子江作家周,我听他在开幕式上说:他与南京的关系,始于一座塔。因他童年时,父母给他讲故事,说到南京有一座举世闻名的瓷塔——大报恩寺塔。南京大报恩寺塔当年被西方人称为"The Porcelain Pagoda of Nanjing"("南京瓷塔")。葡萄牙籍耶稣会士曾德昭（Alvare de Samedo）1613年来到南京，后来在他所著的《大中国志》中称赞大报恩寺塔"是一座足以和最著名的古罗马建筑媲美的豪华建筑"。琉璃塔还是深夜里长明的佛塔。最初设计时，琉璃塔在九层的每一面墙壁都留了两扇窗户，每层十六扇，共计一百四十四扇。那时玻璃还没有引进过来，这些窗户都是用磨制极薄的蚌壳加以封闭，是当时中国最好的采光材料，被称为"明瓦"。每当夜色来临，无论月朗星稀还是风高月黑，一百四十四扇窗户后面的油灯都会被点燃，彻夜不熄。无论在城里什么位置，甚至在长江的渔舟之中、秦淮的画舫之内，只要你想要看到它，都可以看到这长明的佛塔，在漫漫长夜里为人们带来安宁、信心、温暖和希望。随着17、18世纪中国影响力的增强，因了耶稣会士、使华商团对南京的介绍、引荐，"南京瓷塔"也进入了西方人的历史记忆和梦想之中，甚至安徒生的童话中。1839年，安徒生创作了童话《天国花园》，描写了一个风的家庭，风妈妈和她的四个孩子：东风、西风、南风、北风，东风自然穿着中国的服装，刚从中国飞回来，他这样给风妈妈描绘中国印象："我在瓷塔周围跳了一阵舞，把所有的钟都弄得叮当叮当响起来。"勒克莱齐奥父母大概也是读过安徒生童话或者西方人关于此塔的记录，才有了关于这座塔的信息，又将这些信息传导给了子女。

中国塔大概是起源于印度佛塔，后来形成了自己多种多样的风格、多种多样的用途，成为塔的集大成者。西方多地有模仿中国塔的建筑，我在法国凡尔赛宫的庭院里，就见过模仿大报恩寺塔的锥形塔。要模拟中国的大地景观，也必须有塔。我记得，德国德累斯顿皇家博物馆，有中国城的模型，模型中也有一座中国宝塔。中国风格的塔早已进入西方人的精神生活，虽然勒克莱齐奥所说的这座南京大报恩寺塔，早在太平天国后期就被中国人自己炸成了废墟。此前，大报恩寺琉璃塔在秦淮河边屹立了四百多年。

生民繁衍生息，逐水而居，要有物产，须有产业。但还不够，因为人既是肉身，也是有情感需要、精神追求的灵长动物。大字不识的农夫农妇，即使可能无法用语言表达其精神需求，但他们的精神生活也是客观存在的。金碧辉煌的庙宇是信仰，田间地头的灰扑扑的土地庙，也是信仰，是敬畏。

还有塔。那是中国古代的"高层建筑"。它不实用，是信仰的标志。高耸、超拔的塔，吸引着目光，也吸引着心灵。古代没有其他高层建筑，方圆多少公里内，目光所及，或远或近，人们都能看到直刺天空的塔尖，听到塔铃清脆的叮当。那是依靠与希望，安宁与吉祥，祈祷与治愈，许诺与皈依。中国后来发展改进的塔多是阁楼式，内置楼梯，通过塔可以登高、临风、长望、怀远。这些与吃饭穿衣同样重要。有了这两个方面，人类才能繁衍生息。千百年来，从木塔到石塔、砖塔，累坏累建，据不完全统计，中华大地至今尚有近万座形式各异的塔矗立着，成为中国景观的重要组成部分，而且是超拔的那部分。

对生活在塔周边的人来说，塔事实上不可或缺，虽然人们对塔习以为常，通常不会想到这一点。因此，其重要性不以塔的高度、结构、造价等决定。某种意义上，民间所建小塔与辉煌的皇家庙塔，同等重要。

据我的了解，在长三角，塔最多的县是浙江衢州的龙游县，如今尚余塔八座，号称"龙游八塔"。张驭寰、罗哲文编著的《中国古塔精萃》共写到浙江古塔二十座，龙游八塔只有一座鸡鸣塔在其中，大概是因为鸡鸣塔很长时间里是龙游的标志吧。但对于龙游人来说，塔有名无名、收不收到书里并不重要，最重要的无疑是日常能见到的那一座。日常在家，或在田间劳作，偶尔抬头看到那座塔，一定有一种心安的、在家的感觉。从外地归来，看到那座塔了，一定是感觉：终于到家了。设若这两种情况之下，找不着原来那座塔了，那心中会是怎样的失落与恐慌。那真是：心里空洞了，天塌下来了。

塔未必都跟佛教有关，有时，只是为了望见。人是视觉优先的动物，更多地依赖于视觉生存于世界。眼睛是心灵的窗户，这两扇窗户，不仅会泄露心灵的秘密；同时，心灵也通过这两扇窗收集信息，摄取大地景观，汲取营养。

龙游八塔中只有舍利塔与佛教有关。隋文帝杨坚曾大批敕造舍利塔。杨坚登基之前，神尼智仙赠与舍利数百颗。登基后的杨坚回忆往事，相信自己能君临天下是佛护佑的结果，所以两次下诏在各地选址建塔，安放舍利，龙游舍利塔应是其中的一座。因这批舍利塔当初基本是木塔，天灾人祸，唐时就毁坏得差不多了。据北宋时撰成的《大宋衢州龙游县白革湖新修舍利塔院记》记载，至迟在唐初，此地就有舍利院。现在的塔身，为北宋嘉祐三年（1058年）重修于舍利院内。

其他七座均建于明代，或为镇水，或为风水，指向不太明确。或者，只是为了远眺或仰望，护佑和见证。鸡鸣塔在县城鸡鸣山，原来是县城的标志性建筑。龙洲塔位于县城龙洲公园内。横山塔和刹下塔都在横山镇。横山塔塔砖刻有"大明嘉靖甲午张氏横山塔砖"字样。刹下塔位于横山镇的塔下叶村。应是村以塔名，称为塔下叶，不知何意。浮杯塔位于朱家自然村，因明代知县万廷谦以家传古杯镇之而得名；湖岩塔位于曹垄村；沫尘塔位于沫尘村。这些塔基本都在乡下，看起来也就是普通砖塔。

我与龙洲塔称得上是邂逅。那天早晨，我沿着灵山江跑步，移步换景，蓦然、慕然见它耸立于眼前，塔腰有"龙洲耸秀"四字。它"耸秀"于灵山江岸边，站得高，望得远。当然，建塔的人也是为了让大家望见它。不仅周围的居民日常得见，灵山江上的船家远远就可望见，经过它的脚下，都得抬头仰望。他们哪个不知道龙洲宝塔呢。

见到刹下塔是在行驶的车上。那白色的塔影突然越来越近，它的脚下正好是一片荷塘，莲花或粉或红正开得祥丽。车未停，继续驶过，我只能扭头看它，越来越远，直至不见……在我心里，池中的莲花已成了它的宝座。

龙游八塔，有六座在衢江和灵山江沿线。有天在衢江岸边散步，看到一群女孩在岸边跳拉丁舞，节奏铿锵。江水当然不会按照音乐的节奏流淌。隔着衢江，对岸的山腰上，有塔兀自矗立，远远望见，有着蓦然的感动。这些，也不会随时间和江水的流逝而流逝。塔，对江，看人，没有什么违和之处。只是不知它是八座塔的哪一座，我也没问。

与龙游交界的金华兰溪也有一座横山塔，建于横山之上。宋代诗人杨万里有三首诗是咏它的，可见杨万里是位爱塔的诗人。《望横山塔》："水面生风分外严，竹根剩雪更新添。六年不见横山塔，茅屋东边忽半尖。"《舟过青半，望横山塔二首》其一："莫问兰溪双只牌，青半已见玉崔嵬。去年辞了横山塔，不谓今年却再来。"其二："孤塔分明是故人，一回一见一情亲。朝来走上山头望，报道兰溪酒恰新。"离开多年，他最想念的就是这座塔呀。在杨万里这里，塔已经人格化了。辞行、再会，心里都要跟塔打个招呼，不是为了礼貌，没有世俗的考虑，却是最真挚的念想与寄托。那是情亲的故人，是最新的酒讯。我不知道靠近横山的龙游人能不能望见兰溪的这座横山塔。倘若也能看见，难道还会起分别心吗？我想：不管是龙游的还是兰溪的，都是自家的，只要日常能够望见。

塔是人造景观，天空之下垒砌的竖线。华裔历史地理学者段义孚的名著《恋地情结》中说："地表景观里竖直的元素能唤起奋进精神，唤起对重力的反抗。"这与水平元素的和顺、平静形成对比和张力。如果说水平是内敛和大地认同的，那么竖直乃是超脱的、脱离肉体向往天空的意识和精神。塔沟通了大地和天空，自然和人文。有塔的空间才是一个完整的空间。中国人不是通过仰望天空、借助外力实行超越，而是借助人为之塔，实现自我超越。没有塔,人只能摊在大地上。在中国,有塔的大地和天空,才真正成为心灵追求圆满理念的自宇宙。

抚仙湖：浓妆淡抹总不宜

浑然天成无疑是极高的境界。质朴稚拙，无须修饰，也不宜修饰。不要说自然界，即使是人文艺术，最高的境界也是"无技巧"。甚至都没法装饰它，比如汉画像石，有人拓下来，想配个框都难，找遍裱画店里的琳琅满目的画框，没有一个是合适的。它不需要装饰，也不能装饰。对这样的事物，最宜让其回归、保持本真。

要说大自然,那更是如此,也应该如此。顺其自然,让它保持自己的样子。夸西湖之美、夸美人,最有名的诗可能就是苏轼的《饮湖上初晴后雨二首·其二》:"水光潋滟晴方好,山色空濛雨亦奇。欲把西湖比西子,淡妆浓抹总相宜。"西湖早已人文化了,或者说,这里的自然已经被"异化"了,西湖某种程度上已经成了人类的"玩物"。浓妆也好,淡抹也好,我倒要怀疑"打扮"它的目的了。

对有些湖,比如云南的抚仙湖,人类应该不会对它动浓妆淡抹的打扮心思。有这样认识的人当然早就有了,比如明代状元杨升庵对抚仙湖就有过"天然图画胜西湖"的赞叹。"天然"是抚仙湖胜过西湖的最美特质。杨慎(升庵)在云南度过后半生,对云南山水的感情非同一般。他在游览过环绕抚仙湖的澄江、江川、通海等地之后,写下《自江川之澄江赠王钝庵廷表并柬董西泉云汉三首》。其一云:"通海江川湖水清,与君连日镜中行。孤山一点冲烟小,何羡霞摽挂赤城?"其二云:"澄江色似碧醍醐,万顷烟波际绿芜。只少楼台相掩映,天然图画胜西湖。"其三云:"海螯江蟹四时供,水蓼山花月月红。自是人生不行乐,莼鲈何必羡江东?"抚仙湖清而静,所以才能像镜子;水蓼与山花,自相映照,不需要楼台的掩映。与杨慎同时代的邓川进士杨南金为《升庵长短句》作序云:"太史公谪居滇南,托兴于酒边,陶情于词曲,传咏于滇云,而溢流于夷徼。昔人云,吃井水处皆唱柳词;今也不吃井水处亦唱杨词矣。"今人如我,也能领会古人对抚仙湖任其自然、爱其自然的情怀。杨慎倘若是住在今日的西湖边,不知他能做些什么。今日之西湖,是个旅游的去处,红男绿女,香风习习,恐已不适合托兴陶情、洗肺怡心。

抚仙湖属断层陷落形成的天然湖泊。距今约六百万年前(一说三百万年前),由于地壳板块的急剧运动,喜马拉雅山脉隆突,引起断层贮水,在云南高原群山中形成了众多的湖泊，抚仙湖为那时形成的一个南北向的断层陷落湖。也许只是在一夜之间，舀水的大勺轰隆隆生成，同时开始舀注抚仙湖莽莽苍苍的水量——对，那时还没人能给巨大的水体命名。那时，还是寒武纪，猿人才刚刚开始向人进化。如今澄江化石地自然博物馆里呈现的众多寒武纪时期的软躯体化石，不少当时的生物已经灭绝，没有灭绝的，也都不复当年的模样。植物、动物、人，大家都在进化或变异。在此进化的巨大交响中，抚仙湖的水当然扮演了重要角色。按照古生物学家的理解：人最初不过是水里的一条鱼。

湖的名称变迁，大致也可反映出人对湖的认识和表达过程。唐代的安南经略使樊绰所著《蛮书》（又称《云南志》《云南记》等），称抚仙湖为"大池"。《澄江府志》说："量水川即唐书梁水县（今澄江、江川一带），大池抚仙湖也。""大池"直称湖的形状和性质，不加修饰。后称其为罗伽湖，应与宋、元时南诏、大理段氏在澄江设罗伽部有关，因地名和行政区划而得湖名。《明史·地理志》载，澄江府"北有罗藏山（现名梁王山），南有抚仙湖，一名罗伽湖"。《华宁县志》称抚仙湖为"澄江海"，因其水面遥阔，只能以"海"称名。

而《澄江县志》又称其为"青鱼戏月湖"，这已是文学的想象与描写。"青鱼戏月"的意象大概只能出现在此湖。月光之下，大鱼嬉跃，不知是月成就了鱼之青，还是青鱼成就了月。但再大的鱼在云南人眼里也还是鱼，不是"怪"，比如喀纳斯湖水怪、青海湖水怪、贝加尔湖水怪等等。可能是云南人见过最多的大山、最湍悍的大江，见怪不怪。再大的水也还在山里，形成一"大池"；再大的水中生物，仍在水里，那只能是一条鱼。

称名"抚仙湖"，当然也是文学的想象与描画。其来由有两种说法。一据《澄江府志》记载，相传石、肖二仙慕"湖山清胜"，忘返天庭，变为两柱牵手并肩的巨石，站立在湖的东南方。舟行湖上，隐约可见二仙。有此仙人遗迹，故名抚仙湖。

另一说是因湖西面的"尖山"（又称抚仙石）平地高耸，形如玉笋，人们想象那是仙人立于湖岸，伸手抚摸青碧的湖水，因名抚仙湖。清乾隆年间，澄江进士段琦与友人畅游抚仙湖时，曾作《题抚仙湖上峭壁间有石肖二仙抚肩并立》五言诗一首，说的就是抚仙湖的仙人："提壶上舟立，烟环古洞前。如何几日月，常住小神仙。对我人三个，笑谁手并肩。湖名因此著，峭拔彩云边。"实际上乃石因湖成仙。山水相依、相拥，我觉得，抚仙湖，"抚"是谓语，"仙"乃宾词，应是湖水浴仙、抚仙，而非仙抚湖。

从"大池"到"抚仙湖"，但愿只是词语上的修饰。

抚仙湖位于澄江市、江川区、华宁县三县间，闲卧于澄江盆地之中，被四周群山拥在怀里。整个湖泊平面呈南北向的倒葫芦形，两端大，中间窄，北部宽而深，南部窄而稍浅。湖面积212平方公里，仅次于滇池和洱海，为云南省第三大湖。最深处为 155 米，是云南省第一深水湖泊，也是我国最大的深水型淡水湖泊。因其深，所以静，所谓静水深流。也是因为深，所以蕴藏水量大，达 189.3 亿立方米，仅次于我国最大的淡水湖泊——鄱阳湖（248.9 亿立方米），而高于洞庭湖（178.1 亿立方米），是云南省境内容积最大的湖泊，占云南省湖泊总贮水量的 78%，水量相当于滇池和洱海总蓄水量的四倍。

来过两次抚仙湖后我才知道，对自然天成之抚仙湖，人们不仅动过浓妆淡抹打扮它的心思，还曾糟蹋它、强暴它。曾几何时，人们在抚仙湖流域开采磷矿，造成水土流失、矿区污染，加之农业污染、生活污水等因素的影响，抚仙湖部分水域水质一度下降到Ⅱ类。我在澄江规划馆看到一张抚仙湖被污染的照片，那真是让人触目惊心。

历史上的动乱年代，抚仙湖上总有恶人兴风作浪，青鱼不敢戏月。20 世纪上半叶，土匪头子金绍云长年盘踞在抚仙湖，纠集木船数十艘，啸聚湖上，以湖中的孤山为据点，伺机抢劫掠夺沿湖各地，无恶不作，以至田野荒芜，民不敢怨，哪还有清和静可言。云南和平解放后，土匪被解放军迅速剿灭了，水中的鱼和岸边的人才过上了安宁的日子。因此，这里才是"澄江"，它因抚仙湖的水文、水质而得名。澄，乃"水静而清"之意。

湖，不是翻滚的海，不是湍流的江，静而清，该是湖最好的状态、最高的境界。

我第一次来澄江，到抚仙湖，曾乘船到了湖中的孤山。孤山，就是杨慎所谓"孤山一点冲烟小，何羡霞摽挂赤城？"的孤山，也是土匪们盘踞的孤山。孤山本名瀛海山，位于距江川区城约十七公里的抚仙湖江川水域之中。明代以前，瀛海山旁有一小岛（称小瀛海山），两岛之间有一铁桥（虹饮桥）相通。明末地震，小岛及虹饮桥沉没，唯瀛海山独存，孤山由此得名。孤山成于宋，盛于明，曾建有八殿、五阁、三亭、一堂、一庵、一塔。孤山昔有"巍然形胜冠南洲"之誉，成为滇中名胜。曾几何时，中国科学院医学生物研究所征用孤山为猿猴养殖场，破坏了孤山上原有植被。"人为"常常对自然造成破坏。幸好，后来经多方磋商，养殖场搬出，孤山逐渐恢复元气。我到孤山时，看到建造得十分雅致的房舍，有的像旅馆，有的像咖啡店。看着周围的湖光山色，我当下心想：能在此住一两天，能坐在小楼上喝杯咖啡，该是多么美好惬意的事。令人不解的是，房舍里都是空的。我问了当地的朋友才知道，为了抚仙湖的环保，这些房子都将拆去。这时，我才心有不甘地承认：是我自私了，占有或者利用，都违背了造物主的本意。抚仙湖不需要这些房舍。楼阁掩映，浓妆淡抹，都是抚仙湖不需要的。这次到抚仙湖，湖边的星级宾馆也正准备拆除。人的行为还是要与湖的自然保持一定的距离，为了湖的清和静。

抚仙湖的美，是古人眼中"琉璃万顷"的浩渺，《徐霞客游记》里说："滇山惟多土，故多壅流成海，而流多浑浊。惟抚仙湖最清。"抚仙湖的淡水资源占国控重点湖泊Ⅰ类水质的91.4%，相当于为全国人均储备了15吨Ⅰ类水。湖水的能见度达到4至8米。深静和清碧是抚仙湖美的内在和外在。周围群山环绕、天空云雾变幻，那是它美的环境，或者说是它的天然装饰。

我来过两次抚仙湖后，才开始领略它的美，并且想念它。两次来抚仙湖，一次是早晨，一次是傍晚。西望夕阳，恍惚之间又像是朝阳；看太阳升起，朝晖仿佛是夕照，欲升欲降之间，天地静穆。山偎着水、水抱着山。此时的水是"阴"也是"阳"，山是"阳"也是"阴"，两者自我圆足而又相互映衬、相互"揭发"，且与"美"无关，因为已超越了美。一定要说"美"的话，那大概就是"大美"吧。

山与水已经成对，人如干扰，是第三者插足。

这里的山与湖，都是阴阳同体。山为阳，但怀抱着水，又是阴。水为阴，但静默惠生，宠辱不惊，也是阳。世界上有两样东西最为珍贵，最迷人也最动人心魄,让人喜出望外:男人的柔情与女人的仗义。相生相克、相互护持、相得益彰,互为表里、互为对方。"青山憔悴卿怜我,红粉飘零我忆卿",成就对方、成为自己。这本是造物主的本意,无论主观上、客观上,人本不该曲解造物主的原意。人的进化或者退化,夸饰与抑屈之间,有时需要浓妆,有时宜需淡抹,即使是相宜,也总是让人感觉是巧慧。要说浓妆淡抹,抚仙湖上的天光云影,已为湖山的"装饰",不劳人为。

因为"大美"无言,它不肯讲话。我要替它说一句:抚仙湖,浓妆淡抹总不宜!"落日千年事,空山一局棋。"即使有这棋,也留给仙人下。如果抚湖,抚湖者也只能是仙。如果仙是造物主。

我唯有欣赏,只有想念。想念抚仙湖上变幻的粼粼波光,一百五十多米深的湖底寒武纪的遗存,还有湖山相拥、烟云缭绕的平衡之境。爱美之心人皆有之,我只是灵魂出轨。

去海南

现代人去往某地，常常是受了旅游报刊和社交媒体的蛊惑，产生对某地的想象，因此而有了"动"意，成为某地的观光客。观光客与目的地之间很难形成深层次的关联，去过也就去过了，就此甚至产生"绝缘"关系：既已去过，不会再去，甚至不再想它。

有的地方因为自然条件优越，成为度假目的地，来了还会再来，比如海南。名字中含"南"者，有着特别的吸引力，比如南方，比如海南。"海"本就具有一种魔力，海而南，南而海者，自然更是魅力的叠加与扩展。海南如今之所以吸引人，首先是它优越的自然条件：蓝天白云、洁净温暖的空气、热带雨林、大海与沙滩……在中国，能把这些汇聚到一起的，也只有海南，没其他地方能和它竞争。这样的好地方有三多：度假者多，游客多，移民多。我第一次到海南三亚，印象特别深：说什么方言的都有，在公共场所听到最多的居然是东北口音——海南之南对东北之北吸引力太大了。

因为某些历史的机缘，人和某地可能形成一种互相成就的关系。那地方成为生命的一部分，在记忆中驻扎下来，成为意境、思念、玄想、牵挂……因而不朽。而人，成为此地历史和文化血脉的重要组成部分。苏东坡之于海南，就是一种相互锻造的关系。

秦观说东坡："苏氏之道，最深于性命自得之际，其次则器足以任重，识足以致远，至于议论文章，乃其与世周旋，至粗者也。"苏轼的性命之理，也就是人生观，让秦观最为佩服；其次是担当与识见；再次是文章才华；最后是周旋世事、人事的能力。说他不合时宜，指的就是最后这一条。海南之行最好地证明了苏东坡"最深于性命自得"之道。所谓"性命自得"之道，说白了就是善于安顿自己的身心；环境险恶，是对这种能力的考验，也是锻炼。东坡去世前曾如此评价自己的一生："问汝平生功业，黄州惠州儋州。"那时的海南，不是旅游目的地，不是度假胜地，而是流放目的地，但却是苏轼平生功业所在，他把此地看作是人生的骄傲。苦成蜜，涩酿甜。

在古代，特别是唐宋之前，海南是蛮荒、瘴毒的代名词，文明之地的人到此，或是被贬官，或是被发配，是严重的惩罚。如今的海南岛上建有五公祠，纪念唐宋以来被贬的五位大臣：李德裕、李纲、李光、赵鼎、胡铨。李德裕是晚唐党群领袖，另四位则是南宋时期因为主张抗金，与统治者政见不合而被贬此地。他们自然都不是被海南的风景吸引过来的。影响最大、流泽至今的是苏东坡，在五祠之外专祠供奉。苏轼应是海南岛最具影响力的古代名人。

苏轼被贬海南之前，他已在惠州待了近三年。那时的惠州，已是大陆最南端的南蛮之地。但苏东坡到哪儿似乎都能享受生活，并且求田问舍，想着就此留在当地。东坡惠州所作诗歌描绘的"美好生活"，如"报道先生春睡美，道人轻打五更钟""日啖荔枝三百颗，不辞长作岭南人"，让读诗的人羡慕、嫉妒，这是东坡文学的魅力，更是东坡自喜自得的性情魅力。苏轼的诗流传得广而快，哪怕他是戴罪之人。这些诗传到京城，他的政治对手章惇等人看了，心里老大不是滋味：哪能让你这么快活！于是，苏轼就被赶到了南而又南、隔海与大陆相望的海岛上的儋州了。

海南岛在北宋归广南西路，有琼州、朱崖军、昌化军、万安军四个区。昌化军就是儋州，东坡被发配居住的地方，现在是海南省儋州市，那时尚是半开化的蛮荒岛地。苏轼此时已是六十二岁的高龄，年岁不饶人。相伴朝夕的侍妾王朝云已病死惠州，唯一的随从就是小儿子苏过。从他自己的记述中，可以感觉到乐观中掺杂的丝丝悲观："某垂老投荒，无复生还之望，昨与长子迈诀，已处置后事矣。今到海南，首当作棺，次便作墓，乃留手疏与诸子，死则葬于海外，庶几延陵季子嬴博之义。父既可施之子，子独不可施之父乎？生不挈棺，死不扶柩，此亦东坡之家风也。"首先做最坏的打算，然后视情况再说。想开了，人生也就开了；绝大多数人也就是没能想开而已。当然，"想得开"何其难。

等着苏轼的是海南不宜人居的自然气候。但没关系，他有酿造生活的能力，总能找到生命的理由。哲宗元符元年（1098年）九月十二日，他在日记中写自己的坎坷说：

吾始至南海，环视天水无际，凄然伤之，曰："何时得出此岛耶？"已而思之，天地在积水中，九州在大瀛海中，中国在少海中，有生孰不在岛者？覆盆水于地，芥浮于水，蚁附于芥，茫然不知所济。少焉水涸，蚁即径去，见其类，出涕曰："几不复与子相见。岂知俯仰之间，有方轨八达之路乎？"念此可以一笑。

天际都是水，几个大陆也就是几个岛，人不管在何处，其实都是在"岛"上。既是如此，在哪儿不一样呢？苏东坡还写道："岭南天气卑湿，地气蒸溽，而海南为甚。夏秋之交，物无不腐坏者。人非金石，其何能久？然儋耳颇有老人，年百余岁者，往往而是，八九十者不论也。乃知寿夭无定，习而安之，则冰蚕火鼠，皆可以生。吾尝湛然无思，寓此觉于物表，使折胶之寒，无所施其冽，流金之暑，无所措其毒，百余岁岂足道哉！彼愚老人者，初不知此特如蚕鼠生于其中，兀然受之而已。一呼之温，一吸之凉，相续无有间断，虽长生可也。"知命乐天，苏东坡一定能给自己解释圆了，让自己感到庆幸，反正怎么都对他有利。即使什么也没有，"食无肉，病无药，居无室，出无友，冬无炭，夏无寒泉……"甚至连饭都吃不上，那就到荒地里挖野菜，抓老鼠逮蝙蝠，用此肉食补充蛋白质，总之都能延年益寿。东坡本是微胖之人，此时终于伶仃体轻，他如此自嘲打趣：身轻如此，也许可以骑上鸟背，跨过海峡，回到家乡。

苦成蜜，涩酿甜。海南锻造了苏轼，激发了苏轼。写于海南岛的诗词是他生命绚烂的表达，如立春日所作《减字木兰花·己卯儋耳春词》："春牛春杖，无限春风来海上。便与春工，染得桃红似肉红。春幡春胜，一阵春风吹酒醒。不似天涯，卷起杨花似雪花。"又如《千秋岁·次韵少游》："岛边天外，未老身先退。珠泪溅，丹衷碎。声摇苍玉佩、色重黄金带。一万里,斜阳正与长安对。道远谁云会,罪大天能盖。君命重,臣节在。新恩犹可觊,旧学终难改。吾已矣,乘桴且恁浮于海。"不抱怨,亦无悔意,更不会有待诏的泪水与哽咽,也谈不上忧国忧民。这就是苏轼,自适、自足。

困境之中,亲情犹显温暖与珍贵。表达思念之情的诗词,如《西江月》:"世事一场大梦,人生几度新凉?夜来风叶已鸣廊,看取眉头鬓上。酒贱常愁客少,月明多被云妨。中秋谁与共孤光,把盏凄然北望。"中秋节,隔海相望,思念此时被贬在海峡对面循州的苏辙。曾经,兄弟俩一起离蜀,中进士,享文名,或在朝,或为官一方,真是风光无限。但"月明多被云妨",各自多次被贬,人生聚少离多,徒增想念。对待亲情,东坡显然就不那么潇洒了。

贬在儋州三年,苏东坡劝农、讲学、制药……海南多多受惠于他。大量海南青年受教于东坡,在他之后,海南才有了一定意义上的读书人,有了考中进士的士子。这是他所谓的"功业"。其实,苏轼无论身在何处,总有类似的功业,这次他是在荒蛮之地点起了文明的星星之火。

他俨然把自己当成了海南人。东坡接到赦令,离开了海南时说:"我本海南民,寄生西蜀州。忽然跨海去,譬如事远游。"他在回京的半途去世,再也未能回去,但海南还是永远记住了这位"海南民"。

多少年来,多少人借东坡自嘲、自解、自炫……借他说事、说理……世界到了今天,大概没有人敢说不喜欢苏东坡的,否则就会被打入庸俗、攀爬、纠结、徒惹烦恼的行列。我多次到过海南:海口、三亚、文昌、博鳌……或者开会,或者和家人一起来度假,但竟然从未去过儋州。倒是几次躺在三亚的沙滩上,想到苏东坡,想望儋州。东坡"深于性命自得",令人,特别是身处逆境的人向往,但此点恰恰是很难学到的。他能造福一方,给当地人留下念想;他的诗词文章,是宝贵的文学遗产。但他不是忧国忧民、"与世周旋"、忍辱负重、折冲樽俎的大政治家，也是因为他"性命"之中没有这个。朱熹、钱穆甚至不太愿意承认东坡是一个儒者。

南海从未太平。在海南的沙滩上，面对大水，静听南海的潮音，我还曾几次想起另一位古人，张爱玲的堂叔张人骏。两广是直面西方列强的最前沿。身为两广总督的张人骏与西方强人打交道有理有节、不卑不亢，赢得了对手的尊重。而且，他还有着国人较为缺乏的海权意识，曾两次派人到南海宣示主权，赶走盘踞在东沙岛的日本商人，给西沙诸岛命名并绘制地图，升起大清黄龙旗。为了纪念张人骏在南海宣示主权，1947年，国民政府将南沙群岛的一片海滩命名为"人骏滩"。

或主动或被动，张人骏也是清末最早开眼看世界的人之一。在清末君主立宪筹备之际，张人骏曾上过三次奏折：光绪三十四年十二月十八日《两广总督张人骏奏广东设立咨议局筹办处情形折》，又于宣统元年二月二十九日《奏广东第一年筹办宪政及第二年开办各事情形折》，再于三年七月二十五日《两江总督张人骏奏厘定外省官制宜以旧制为本量加损益折》。曾提出五则：一曰督抚权限：一为奏事权，二为军政权，三为外交权；二曰司道分合；三曰道府存废；四曰审判办法；五曰地方自治实行监督，颇有创见。清末民初笔记名著《凌宵一士随笔》载："清末督抚中，张人骏以悃愊无华、端重老成著，不随波逐流，迎合风气。历督两广、两江，均大疆繁剧。时髦政客屡攻之不能动。固以久为循吏，资望较高，而鹿传霖重其廉正，引为同调，在枢府中时加维护，极言其贤，其见信于上，不易动摇，亦多赖是也。庚戌七月，鹿卒于位，张挽以联云：'溯太公急难以来，忠节相承，名德有达人，特钟圣相；自先帝登遐而后，台衡代谢，中原正多故，又丧老成。'以圣相称之，亦见气谊相投。"

张人骏还是近代教育的支持者。早在甲午战争失败后，国内有识之士就纷纷要求废除"空虚无用"的科举制度，改革教育，提倡现代科学，兴办学堂，书院改学堂于是成为一种自上而下的社会潮流。张人骏就是这一潮流的支持者和推动者。1905年，山西巡抚张曾扬在令德堂书院旧址创办了山西省第一所官立师范学堂，这是我国最早的六所新式官立中等师范学校之一。起初，由于资金困难而举步维艰。第二年张人骏到任后，马上为学堂筹拨巨款，使校舍条件大有改观，规格大幅提升，管理日趋完善，师资力量增强。学校聘有中国籍教员十人、日本籍八人、英国籍一人。当年招收学生二百二十名，毕业一百六十五名，这些毕业生全部被派往全省各县高等小学堂担任教员，成为近代教育的星星之火。此校为太原大学外语师范学院的前身。1908年，张人骏委派留美归国的康乃尔大学农学博士唐有恒负责规划筹建广东全省农事试验场及其附设的农业讲习所，这是我国近代高等农业教育的开始，也是华南农业大学的前身。1907年7月，卢押到香港就任港督后，号召社会人士热心教育，集资捐建香港大学。在捐献资金严重不足的情况下，时任两广总督的张人骏捐出二十万元，成为第二大捐款个人。由于张人骏的带动作用，捐款源源而来。张人骏还出资在港大设立了二十五个奖学金（每年每人三百元广东币），远远多于孙中山1915年在港大设立的五个奖学金，成为香港大学的奠基人之一。

1909年，张人骏后转任两江总督，兼任南洋大臣，他周旋世事，在力所能及的范围内做过不少革故鼎新的事业，如兴办新学、引进西方技术等，据说南京最早的电灯就是他引进落实的。农工商部奏议在南京筹设南洋劝业会，会长是张人骏。1910年，首届南洋劝业会在南京开幕、举办，盛况空前。"南洋劝业会"是清末规模最大的全国性博览会，也具备了国际博览会的雏形。除边疆省份外，各省均建有自己的博览馆，日、英、美、德各国也有展品参展，前来参观二十余万人次，展品十万余件,获奖展品五千余件。南洋劝业会的举办对"振兴实业,开通民智"起到了巨大的推动作用。后来成为文化名人的鲁迅、茅盾、叶圣陶、郑逸梅等等都曾辗转到会参观,并为之震撼。由于是多国参展,已具备了国际博览会的雏形。那时的南京(江宁),已经有了国际化的色彩。

内忧外患,清政府风雨飘摇,深受儒家教诲的他无法自适、自足。随着辛亥革命的兴起,由同盟会组织的江浙联军打到了江宁(南京)城下。"战"已不可能胜,"降"又与他的道德理念相违背,只好选择"跑",最后张人骏是用箩筐从南京城墙上缒下去,逃到上海做了寓公,后流寓青岛,晚年在天津定居。1917年,张勋复辟时,授他为协办大学士,张人骏拒不受职。张人骏与袁世凯曾是盟兄弟,后来又成为儿女亲家;但是老年之后,因与袁世凯政见不合而"老死不相往来"。袁世凯称帝之后,为了"不肯与袁同在一个城市",张人骏甚至从来不去北京。"食君之禄,当报王恩"是作为传统士大夫的张人骏恪守的道德理念，袁世凯背叛朝廷，先当大总统，甚而称洪宪皇帝，让张人骏很是瞧不起。张人骏在私生活上也堪称楷模。他一生不纳妾，也不许家中子弟纳妾。蓄养婢女虽然不绝对禁止，但各房使用婢女很少。袁世凯的长女嫁到张家，也是一个婢女都没有。赌博、吸食鸦片绝对禁止，唱戏也被视为不屑之事。张人骏的孙子张象耆回忆祖父说："一家人大有过着清教徒生活的味道，他本人晚年在天津，除了每天写写字外，诗酒风流的事是没有的。因此他不是一个过潇洒生活的逸老，而是一个典型的旧式正人君子。"

张爱玲在《对照记》里回忆说，她小时候在天津，张人骏（张爱玲称为"三大爷"）每次听张爱玲背诵"商女不知亡国恨，隔江犹唱后庭花"时，就流眼泪。亡国之臣的他，多情伤故国，掉眼泪是可以理解的。

与苏东坡相比，张人骏更显儒家精神。

躺在海南的沙滩上，我免不了会想：永暑礁上，张人骏留下的刻石标记可还在？

我每次去海口，除了享受自然，吃海鲜、热带水果外，还有一件必做的事：见韩少功。少功是"寻根文学"的大将、"文学湘军"的主力。海南独立建省后，他去了海南，创办《海南纪实》，成为海南生活的积极参与者。这些是我从文学史上看来的，从别人嘴上听来的。《钟山》创刊三十周年，我请他写一篇纪念文章，从他的文章中我才知道，他之落户海南，跟1987年《钟山》的南海笔会还有点关系："那年《钟山》在海南组织笔会，有很多作家参加……海南岛地广人稀，林木丰茂，花异果奇，特别是东郊椰林的幽深和洁净一如童话，让我不知今夕何夕。说实话，一年后南迁海岛，我的念头就来自椰林里网床上星空摇动之时。"那时的海南虽仍是地广人稀，但已是景色宜人、物产丰富之地，少功移居海南确是主动的选择。当然，不久那儿就成了一片热土了。

我认识韩少功时，他是名刊《天涯》的主编，海南文联、作协的主席。记得一次海南作协组织青年作家改稿会，我作为《钟山》的编辑应邀参加。那次改稿会上，韩少功以海南文坛当家人的身份与会，对海南文学、海南作家如数家珍，毫不含糊，没有任何套话，说的都是海南青年文学创作的成绩和存在的问题。我不是文学史家，无法界定韩少功对于海南文学的意义。但我能感觉到：在海南岛，韩少功是一杆文学的大旗，在海南的天空、海南的风中猎猎作响。还有，作为办刊人，我瞧得上眼的刊物很少，但对韩少功主编的《天涯》，我服气。我曾经这样评价他的作品："有情感的思想，有思想的情感，是温暖的思想。"这也可以用来评价韩少功主编的《天涯》。

"听听老韩怎么说。"认识韩少功的人，碰到问题，无论世事还是文坛风俗，不少人特别重视他的看法，大概是因为他不仅态度公允，而且是很少见的作家中的思想家，能思常人所未思，见他人所未见。有一年春节前我带着儿子到三亚度假，本来计划从三亚直接飞回南京过年。想起这个季节少功应该在海口，联系好后，我改签了机票，挤上了春运的火车，从三亚到了海口。儿子年幼，被春运的人流挤得东倒西歪，对我改变行程找罪受颇不理解。我改经海口其实也没有什么特别的事，就是想见见少功，就一些事情"听听老韩怎么说"。

我特地去看少功，却不是去海南，而是到他在汨罗的家。文坛都知道，他大致是秋冬在海南，春夏在汨罗。我有时想：他这是要沟通汨罗之水与南海之水吧。那次我先是坐飞机到了长沙，然后请作家宋元亲自驾车带着我往汨罗。彼时长沙到汨罗的路况较差，也没有导航，只能不断地找人问路。好在：离他家尚有几十公里时，被问路的人居然都知道这位"韩爹"——这是对这位喜爱与农民为伍的大作家最为敬重而亲切的称呼——否则我们真不知道如何寻过去。少功的家在一座乡村小学旁边，周围都是农家，一派乡野的气息。在很多时间里，他都在和乡民们一起抽烟聊天。我的印象中，韩少功是中国绝无仅有的每年总有几个月时间真正与农民生活在一起的名作家。他有资格思考中国问题。无论是在历史深邃、人文绚烂的汨罗，还是在天涯海角的海南，少功都能系忧天下。

终于找到他家，少功正在地里忙活，伺候庄稼和他的蔬菜地。中午上桌的几乎都是自产菜。家中陈设极其简朴，家具用的是原木，连树皮都未处理。房后有一水库，一条小船自横于岸边。少功属龙，我开玩笑说："你还是离不开水啊。"他不仅是洞庭水系的一条湘龙，而且是南海波涛中的一条中国龙。对于龙来说，往来南海与汨罗，也就是眨眼的工夫。

那次到汨罗，工作成果是落实了少功的长篇新作《暗示》在《钟山》发表。《暗示》也是少功落户汨罗的重要成果之一。

我每次到海南，都会想一想：少功这时节在海南还是在汨罗？每次到了节假日，总要和家里人商量去哪儿走走。犹豫、争论不决中，最后总有人跳出来说：

那还是去海南吧。

华山的花样年华

西岳华山还是位少女,至少在地质学意义上。据放射性同位素测定,她的年龄是 1.2 亿年。而中国最古老的山脉——中岳嵩山已经 35 亿年,当他第三次从海面升起,耸立于天地之间的时候,秦岭、太行、喜马拉雅还在海底沉睡。正像华山脚下的那位罗敷姑娘自报家门:"二十尚不足,十五颇有余。"(《陌上桑》)今天的华山,刚过豆蔻,正值花样年华。"乾坤不老青山色,日月万古无停辀。"(金·赵秉文《游华山寄元裕之》)一代又一代的人过去了,朝代更替,甚至乾坤颠倒,华山依然年轻。再牛的人,你也熬不过山。山,当然也会老,但那是在山的时空意义上。泰山、嵩山,都是中国山脉中的老人,全身被写满了各种字体,长出了文化的老年斑。而华山还保有洁白的身躯。年轻真好。

华山的命名较早。《山海经》和《禹贡》中即已出现"华山"名号,所以至少在春秋战国时期她就被称为"华山"。《水经注·卷十九》载:"县有华山,《山海经》曰,其高五千仞,削成而四方,远而望之,又若华状。""花""华"通用,"华山"即"花山"。《白虎通义》载:"西方为华山,少阴用事,万物生华,故曰华山。"由于华山位于中国版图的最中央,又称"中华山"。已故的原中国考古学会会长苏秉琦认为:中华民族正是以华山脚下的仰韶文化的玫瑰花为自己民族图腾而得名。中华山周边聚居的民族又称"中华山民族"。孙中山据此以"中华"之名创立"民国"。我们习惯说"古老中国",但我更希望中国是山之中的年轻的华山,是"少年中国"。而且,我的少年中国,不是仅有少年意气,而应该是秀外慧中,这样才能有健康的成长和可期许的未来。明代的王履是位学者,曾多次进华山考察,绘《华山图》四十幅,创作华山诗一百五十首,对华山应该有发言权了。他在《入山》诗中说:"庐山秀在外,华山秀在里。"华山的美不仅是外在的,也是内在的,但因其险,过去很少有人能真正领略它的内在美。

整个华山浑然是一个花岗岩巨石,宛如一朵白莲。东、西、南三峰呈鼎形阵势,为华山主峰,是古人所说的"华山三峰"。中峰、北峰相辅,周围还有小山峰伺立,宛如白莲的层层花瓣,冷艳挺拔、峻秀妩媚。地球母亲的分娩与托举,1.2亿年的阳光雨露,浩瀚宇宙的宠爱与疼惜,那是怎样的花样年华！正如华阴老腔唱的："华阴老腔要一声喊，喊得那巨灵劈华山，喊得那老龙出秦川，喊得那黄河拐了弯。太阳托出了个金盘盘，月亮勾起了个银弯弯。天河里舀起一瓢水，洒得那星星挂满了天。"华阴老腔让我真正领略了什么是"气魄"。这是英雄史诗，气魄够大。我更喜欢华阴老腔的平民底色："女娲娘娘补了天，剩块石头成华山。鸟儿背着太阳飞，东边飞到西那边。天黑了，又亮了，人睡了，又醒了。太上老君犁了地，豁出条犁沟成黄河。风儿吹，月亮转，东岸转到西岸边。麦青了，又黄了，人兴了，又张了。天空有大地做伴了，鸟儿背着太阳打转了。华山有黄河作伴了，田里的谷子笑弯了。男人有女人作伴了，镢把抡得更圆了。女人有娃娃作伴了，尻子拧得更欢了。女人有娃娃作伴了，尻子拧得更欢了。"特别是后半段，山、河、男人、女人、孩子、种植、生育，是自然、人生中最基本的方面，朴素得令人震撼。大概只有这样的腔调才能在华山永久引起回响吧。

1.2亿年的日月光阴，虽然还年轻，但也已看尽人世的种种。还能保持这样一份清真，那真是需要山一样的定力。北宋名臣寇准写有《华山》诗，像他断案一样干净利落："只有天在上，更无山与齐。举头红日近，回首白云低。"山外已无山，白云低回，太阳很近。没有文人的情感粘连，因为华山本来就是这样在那儿。也正如寇准判案，那是"铁证如山"。

华山被称为"天下第一险山"，华山之险，好比玫瑰的刺，让不少人止于远远欣赏。金锁关、苍龙岭、长空栈道、千尺㠉、百尺峡、鹞子翻身、老君犁沟……这些华山上的著名景点都以险著称。唐之前，很少有人登上华山，后来道教盛行，道教信徒开凿上山通道，才有了"自古华山一条道"。皇帝来拜山，也常常是表达个心意，让臣民登山，自己在山下修个西岳庙，为华山上供奉。西岳庙被建成了一座城池，作为一座庙已经够大了，但它如何装得下一座华山呢。特别在古代，没有缆车，因为人迹难至，真正能享受华山之好的人少之又少，华山成了"群仙的居所"，所以也是第一"仙"山。她是中国道教主流全真派圣地。长安西去华山约一百二十公里，长安道上那些达官贵人，或是在尘世受了伤，或是为了躲避尘世，往往选择归隐华山，华山成了他们的庇护所。熙熙攘攘的长安道上人，哪个内心不向往着华山？因为那里有着花一样的年华。唐代诗人顾况，性诙谐，曾因以诗戏谑被贬官。好在他早早隐入茅山，幸以寿终。他有一首《长安道》，不改他的本色性情，"长安道，人无衣，马无草，何不归来山中老。"长安乃富贵繁华之地，"人无衣，马无草"不能完全做字面理解。"衣"乃廉耻，"草"乃生存，这样理解更符合顾况的情性和诗风。

　　华山最著名的道士、道学家陈抟，号"希夷先生"，被称为"华山老祖"。"希夷"出自《老子》："视之不见名曰夷，听之不闻名曰希。"西汉道学家河上公注曰："无色曰夷，无声曰希。"所谓"希夷先生"，视而不见，听之若无，当为世外高人。清静无为，任其自然。陈抟融儒、释、道三教学说于易学之中，创立了"先天易学"。他鄙弃隋唐道教末流的丹鼎符箓之术，不求黄白飞升，而以服食辟谷、玄默修养为主。他著有《无极图》和《先天图》，描绘宇宙生成及六十四卦。他的学说经周敦颐、邵雍的传承发展，成为宋代理学的重要组成部分。他先是入武当山，后归华山修行，多次坚辞朝廷征召。这些都不是让我佩服的。最让我感佩的是，他绝不向不相干之人传播他的教义，对皇帝，更以其皇帝本分相劝，实为天下黎民苍生计。《宋史·陈抟传》载，"周世宗好黄白术，有以抟名闻者，显德三年，命华州送至阙下。留止禁中月余，从容问其术，抟对曰：'陛下为四海之主，当以致治为念，奈何留意黄白之事乎？'世宗不之责，命为谏议大夫，固辞不受"。《宋史·陈抟传》又载，宋太宗问以黄白之术，陈希夷对曰："抟山野之人，于时无用，亦不知神仙黄白之事、吐纳养生之理，非有方术可传。假令白日冲天，亦何益于世？今圣上龙颜秀异，有天人之表，博达古今，深究治乱，真有道仁圣之主也。正君臣协心同德、兴化致治之秋，勤行修炼，无出于此。"中国历史上不乏忽悠皇帝的和尚道士，有的甚至把自己弄成国师，享尽荣华富贵的同时，客观上也唆使皇帝荒于政事，不思进取，贻害天下。但在陈希夷看来，皇帝涉世最深、担负责任最大，理应尽责尽守，哪有逃避现实、羽化升仙的资格；皇帝不可能有花样的年华。而且他懂得给皇帝们戴高帽子，鼓励他们。在我看来，这才是希夷的大智慧、大情怀。胡仲弓《题陈希夷睡图》："形睡神非睡，心闲身亦闲。是非都不管，高卧华州山。"据说他能连续睡一百多天，不知是怎样的黑甜梦乡。那应该是无声无色无味的。这样的世外高人，受着华山的庇护，做的都是对自己有益的事，可以为高标，但对天下苍生何益？他最要感谢的乃是华山。华山慈悲为怀，收留的何止一个陈希夷。五代以来，多少文人墨客以陈希夷为题材，作诗写词，表达的是一种羡慕，但也仅此而已，走入华山而不出的人少之又少。花样年华，不是人人都能持之以恒地消受的。正如释祖钦《偈颂七十二首》所道出的："擘开太华，放出黄河。青天白日，平地风波。逗到伎穷力尽，元来所得不多。"如果说"得到"，按照世俗之人的理解，"花样年华"所能得到的世俗名利，确乎很少。我们想要得到的确乎太多太多，当得到越来越多时，外在的风景和内在的景观都已改变，那就不是花样年华了。

华山其他的传说基本都是女性故事。中峰又称为玉女峰，传说是秦穆公女儿弄玉的修身之所。弄玉与华山吹箫人萧史相恋，到西峰莲花洞成婚，"洞房花烛夜"来源于此，莲花洞也被称为"天下第一洞房"。清代高孝本《登华山》写道："希夷云际卧，毛女树边逢。"除了那位希夷先生外，秦之后描写华山的诗词涉及较多的是这位毛女。毛女的故事出自《列仙传》:"毛女者,字玉姜,在华阴山中,猎师世世见之。形体生毛,自言秦始皇宫人也。秦坏,流亡入山避难。遇道士谷春,教食松叶,遂不饥寒,身轻如飞。百七十余年,所止岩中有鼓琴声云:'婉娈玉姜,与时遁逸。真人授方,餐松秀实。因败获成,延命深吉。得意岩岫,寄欢琴瑟。'"又是华山收留了这位国破家亡的女子,彻底回归了自然。长安道上的那些人,连这位毛女都要羡慕,可想而知,追求名利和荣华富贵,何其苦也。

西峰又称为莲花峰,沉香劈山救母的传说就发生在这里。汉代的刘向与仙女三圣母相恋结婚,生下儿子沉香,此事不容于天庭,三圣母被其兄二郎神压在华山西峰之下。沉香长大后立志救母,最终抢回母亲被偷走的宝莲灯,打败二郎神,劈山救出母亲。三圣母的仁慈与爱情,沉香的少年意气都成为华山精神的一部分。

名气最大的还是华山脚下的那位罗敷姑娘,那是华山之花,带刺的玫瑰。据说罗敷本姓秦,渭南华阴县人,是华山脚下一农家女,生于西汉末年王莽篡汉时。在华阴有一个大镇,叫敷水镇,又名罗敷镇,而敷水即为今天华阴的西罗夫河。今天的华山周围,罗敷是河流、溪水、村镇、庙宇、广场、火车站、汽车站、宾馆、广场等等的名字,可见人们对罗敷姑娘的喜爱。对罗敷姑娘的美,从来都没有正面描写,最早的《陌上桑》也是侧写:"青丝为笼系,桂枝为笼钩。头上倭堕髻,耳中明月珠。缃绮为下裙,紫绮为上襦。行者见罗敷,下担捋髭须。少年见罗敷,脱帽著帩头。耕者忘其犁,锄者忘其锄。来归相怨怒,但坐观罗敷。"前半段是正面描写,但仅是描写她的打扮;后半段是描写她的美好,但完全是侧写,给读者留下了巨大的想象空间。终究,美不在皮囊,而在精神与风骨。罗敷拒绝了太守,是一种操守,夸赞自己可能不存在的夫婿,乃是一种智慧。这两种品质加在一起,罗敷成了完美女性。她是中华文明养育出来的天使。千百年来，多是文人墨客歌颂罗敷，这可能也是一种精神寄托吧。或者说，罗敷就是文人塑造出来的完美女性的典型，是慰藉，也是美好的向往。罗敷的故事没有后续，没有她的结婚生子。罗敷永远只能停留在她的花样年华。

这次登上华山北峰，因为天气晴朗，我在当地朋友的指点下，北望一带黄色，那是黄河！而且，著名的渭河也是在华阴汇入黄河。据说，登上西峰可以清晰地看到渭河，登上东峰，不仅可以看到黄河，还可以一睹潼关。山河大地，人只有被震撼的份。山水相望，人成为多余。确实不关人什么事。唐代褚朝阳《登圣善寺阁》（一题作《登少室山》）："飞阁青霞里，先秋独早凉。天花映窗近，月桂拂檐香。华岳三峰小，黄河一带长。空闻指归路，烟际有垂杨。"在华山和黄河这里，人可以有这样的气魄，但也仅是气魄而已。况且，华山和黄河的气魄，那可不是心理意义上的。我站在华山望见黄河，一下子被震住了。此刻完全是山和水的关系，我像个刚来到人世的孩子，与山水无争：华山、黄河，它们的亘古对视，与你何干？那是它们的花样年华。"人事有代谢，往来成古今。江山留胜迹，我辈复登临。"（孟浩然《与诸子登岘山》）我辈的精神意气早就不复当年了。在山水面前，我们的心胸比古人少了太多的澄澈与飘逸。

不知为什么，华山对我一直有着不一样的吸引力。第一次到华山是20世纪90年代末，我到西安参加贾平凹长篇小说《高老庄》的研讨会。开会的前一天晚上，贾平凹先生特地从会议驻地赶回家中，为参会的嘉宾每人写了一幅字。给我写的是"睁开眼孔看人，立定脚跟做事"，另有一方汉瓦当的拓片，文曰"长乐未央"。后来是陕西作家安黎兄带着我去了周边一些地方，如华清池、兵马俑、药王山、铜川，还有渭南、华山。我清楚地记得，那次到渭南、华阴，一开始走的是高速，但到了罗敷村的时候，高速公路就中断了，所以我心中一直有个印象：高速公路已经快修到罗敷村了。又是几番风雨,高速公路当然早就贯通了。高速公路修到了罗敷村!后来是坐索道上了华山,应该是北峰。华山洁白的诸峰,让我一句话也说不出来,没了任何思想。想到平凹先生写给我的联句:"睁开眼孔看人",华山见过多少人,特别是长安道上的衮衮诸公!"立定脚跟做事",没有谁的脚跟比华山立得更稳!还有"长乐未央",那也只有华山能做到吧,因为她还如此年轻,有着花一样的年华。

女人也可以像山一样,山也可以是女性的。不仅是因为华山五峰都是洁白的花岗岩,形色如白莲,花是女性。母性超越一切,具有宽厚的稳定性,这也是山的属性。有人说,男人如山,女人似水。山水相依,为什么一定要分出谁是山谁是水呢。北宋女诗人温琬,也曾是华山脚下的女子,她写有一首《题华山》:"终日华山前,为爱华山好。多少爱山人,不见山空老。"居然有对华山的疼惜与担心,怕她变老;一气鸿蒙天地老,而且是"空老",那真是太可惜了。温琬才情名重一时,喜读孟子,有丈夫气,但因家庭变故,为养其亲,自流为娼。但她并不以娼自贱,尝谓:"娼者固冗艺之妓也,有不得已而流为此辈,所以藉赖金钱,活其生养其亲而已矣。"后移居京城,虽为娼女,却有节操廉耻。她以华山自况,她理解的华山自然与他人的不同。她另有一首《咏莲》:"深红出水莲,一把藕丝牵。结作青莲子,心中苦更坚。"红莲开花,终要结子,虽洁白,但免不了坚苦。花样年华,经历人世风雨,结出人生的果实,那就是过了花样年华了。

法国汉学家戴密微曾说:"唯汉土之人最知山水。"在中国人这里,山是山,又不仅是山。登山不仅是观山,也是抒怀、朝拜。华山是一座教堂,中华儿女都能在她这里找到信仰,寄托情怀。华山五峰,乃是教堂的塔尖尖。不是哥特式,乃是中华式。不是基督教、天主教,乃是中华的精神信仰。

这次离开华山时,正是雨后,我站在华山高铁站，惊见华山云雾缭绕，居然是那样的纯白色。不是云不是雾，分明就是婚纱。华山今天这是要出嫁、与花样年华告别了吗？

后记

"往日"其实就是某种意义上的"故乡",人生不过就是对"故乡"永远的回望。按照诺瓦利斯的说法,哲学乃是一种"思乡病",只有当这种回望代表着被种种因素掠夺了的故乡和自然时,哲学才有获得真理的可能。回忆之于个人,正如历史之于人类。文学的回望,除了哲学的意义外,还是要从往日找到情感的支撑,以此获得前行的力量。情感的力量大概是所有的力量中最大、最持久的。

米歇雷(Michelet)说:"每个时代都在梦想着下一个时代。"我要说,每个时代都在回忆前面的时代。回忆乃人的天性,它让历史成为人的生命的一部分。一个作家,负有不可推卸的"记忆之职责"。记忆、文学的回忆乃是为了对抗时间的掠夺。

进步免不了冒失、鲁莽,因此是粗糙的。而过去和传统,因经过了时间的打磨,是光滑而精致的。最精致和微妙的往日,一定存在于文字之中。

"所谓回忆者,虽说可以使人欢欣,有时也不免使人寂寞,使精神的丝缕还牵着已逝的寂寞的时光,又有什么意味呢,而我偏苦于不能全忘却……"(鲁迅《呐喊·自序》)所不能忘却的应该就是"往日情感"吧。对于历史,事件、人物、细节……甚至时间,即使是当事人的回忆也不完全可靠。但是,对"往日情感",一种情绪、情愫、情境，还有"爱"，往日情感的主人，其回忆应是相对保真的——"往日情感"因此可能成为一种"实体"，虽然它没有形状。

时间是一种掠夺，也是一种沉淀。时间对往日也进行着切割。对于今天，昨天已是"往日"；对于此刻，刚才已成以往。时间造成了"往日"的流动。因这些文章写于不同的时间，"往日"因此不再静止，成流动之状，呈现着自己的"年轮"。但是很奇怪，"往日情感"却是没有年龄的。"往日"是掠夺，"往日情感"却是沉淀，一种沉默。有人说：沉默是金，是最伟大的力量。

2024 年 3 月

图书在版编目（ＣＩＰ）数据

往日情感 / 贾梦玮著. -- 上海：上海文艺出版社，
2024. -- ISBN 978-7-5321-9076-8

Ⅰ．I267

中国国家版本馆CIP数据核字第20243M3P54号

发 行 人：毕　胜
责任编辑：张诗扬　吴　旦
封面设计：山川制本workshop
封面画家：范钟鸣

书　　　名：往日情感
作　　　者：贾梦玮
出　　　版：上海世纪出版集团　上海文艺出版社
地　　　址：上海市闵行区号景路159弄A座2楼　201101
发　　　行：上海文艺出版社发行中心
　　　　　　上海市闵行区号景路159弄A座2楼206室　201101　www.ewen.co
印　　　刷：上海盛通时代印刷有限公司
开　　　本：890×1240　1/32
印　　　张：10.375
插　　　页：5
字　　　数：131,000
印　　　次：2025年1月第1版　2025年1月第1次印刷
Ｉ Ｓ Ｂ Ｎ：978-7-5321-9076-8/I.7143
定　　　价：78.00元

告　读　者：如发现本书有质量问题请与印刷厂质量科联系　T: 021-37910000